走进中国战舰　致敬人民英雄

谨以此书献给

伟大的中华人民共和国成立70周年

光荣的中国人民海军成立70周年

© 和平方舟医院船驶向深蓝

和平方舟
医院船

孙伟帅　王通化　陈国全　著

华东师范大学出版社

中国海军正青春

暮春白马庙,绿柳依依,烟雨蒙蒙。

脚步叠着脚步,一群朝气蓬勃的青春学子畅游其间,用好奇的目光向历史深处眺望,探寻着人民海军诞生的那段峥嵘岁月。

1949—2019。与共和国同龄,人民海军今年 70 岁了。

70 岁,对于一个人来说,已是古稀之年。

70 岁,对于一支海军来说,实在是"青春芳龄"。环顾世界,英国皇家海军成立 470 多年,美国海军成立 220 多年,而人民海军诞生仅仅 70 年。

往事并不如烟。站在 70 周年这样一个值得庆贺的时刻,我们将目光投向这段距离我们很近很近的历史,投向一艘艘中国战舰,人民海军成长的"青春足迹"每一步都如此清晰,令人热血沸腾。

70 年前,在中华人民共和国即将成立的炮火硝烟中诞生的人民海军,其全部家当只有"几艘基本丧失战斗力的铁壳船和木船"。

70 年后的今天,人民海军已昂首进入"航母时代"。

南中国海,战舰如虹,铁流澎湃,人民海军新时代的"靓照"惊艳世界。

70年,短短70年,人民海军搭乘共和国前进的"梦想巨轮",创造了令人惊叹的"中国速度"。

70岁,中国海军正青春。

这青春魅力,"秀"在世界关注的目光里;这青春担当,"刻"在中国战舰驶向深蓝的航迹里;这青春朝气,洋溢在海军官兵自信的眉宇间。

航母辽宁舰,中华神盾海口舰,明星舰导弹护卫舰临沂舰,友谊使者和平方舟医院船……挺进深蓝,一艘艘中国战舰破浪前行,为祖国人民的安全利益护航,为中华民族伟大复兴的征程护航——

在索马里海盗劫持的危急时刻,中国战舰来了,获救船员们自发地打起了致谢语"祖国万岁";在也门战火纷飞、同胞生命危在旦夕的时刻,中国战舰来了,官兵们说"中国海军带你们回家"……

今天,站在历史与未来的交汇点上,中国战舰在深海大洋犁出的道道壮美航迹,不仅见证着中国海军70年的辉煌征程,也映照着中华民族向海图强的时代夙愿。

中国战舰,梦想之舰,热血之舰,青春之舰。

"以青春之我,创建青春之家庭,青春之国家,青春之民族。"百年之前,中国共产党先驱李大钊的振臂高呼响彻历史的回音壁。

"现在,青春是用来奋斗的;将来,青春是用来回忆的。"今天,这个声音回荡在神州大地上,激荡在所有海军官兵心里。

护航中国,人民海军的青春担当。

汽笛声声,海浪奔涌。让我们一起走进人民海军的传奇战舰,聆听中国战舰上年轻海军官兵们的成长与奋斗、光荣与梦想,感受人民海军肩负使命、驶向深蓝的时代脉动。

目　录

≫ 引子
一艘医院船的世界航迹

在和平方舟医院船船长郭保丰的办公室,贴着一幅世界地图。在这幅已经微微泛黄的地图上,郭保丰用黑色马克笔标注了他所有到过的地方——中学地理课本上出现许多次的莫桑比克、被称为"绿金之国"的加蓬、盛产金枪鱼的斐济、令人向往的旅游胜地马尔代夫、2018年与中国正式建交的多米尼加……这一个个小黑点,凝聚了这名中国海军军官"当海军,看世界"的梦想。

不仅是郭保丰,在和平方舟医院船上的每一个人都有自己独特的记录方式:技师李学周会用水彩笔圈出笔记本上的各国电话区号,卫生女兵张新成会在日记里简单画出到访国家的轮廓,信号班长韩大林则会在到访地买一枚颇有当地特色的冰箱贴……

这是记录个人青春的方式,是记录流金岁月的方式,更是记录航迹的方式。不论是世界地图上一个个小黑点,还是行李箱里一个个造型各异的冰箱贴,都标记了和平方舟——一艘中国医院船的世界航迹。

环视中国海军战舰家族,在过去十年中,没有哪一条舰船像和平

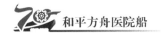

方舟一样,到访过这么多国家,并"圈粉"无数。这艘入列十年的"大白船","从地球的一边到地球的另一边",累计航程20多万海里,航时16000余小时,在3大洋、6大洲的40多个国家留下了中国海军的身影——

2010年8月至11月,和平方舟医院船首次走出国门,赴吉布提、肯尼亚、坦桑尼亚、塞舌尔、孟加拉国亚非5国,被当地民众誉为"上帝派来的光明使者"。

2011年9月至12月,赴古巴、牙买加、特立尼达和多巴哥、哥斯达黎加4国,诊疗11446人次,手术118例。

2013年,和平方舟医院船出访文莱、马尔代夫、巴基斯坦、印度、孟加拉国、缅甸、印度尼西亚、柬埔寨8个国家,为各国民众提供医疗服务。在返航后不久,台风"海燕"重创菲律宾,和平方舟医院船迅速赶赴灾区,在恶劣条件下接诊伤病员2000多人。

2014年8月至9月,汤加、斐济、瓦努阿图、巴布亚新几内亚4国也看到了和平方舟开展医疗服务的身影。

2015年9月至2016年1月,和平方舟赴澳大利亚、法属波利尼西亚、美国、墨西哥、巴巴多斯、格林纳达、秘鲁7个国家和地区访问,并在中南美洲提供医疗服务。

2017年7月至12月,赴吉布提、塞拉利昂、加蓬、刚果(布)、安哥拉、莫桑比克、坦桑尼亚、东帝汶8国,诊疗61528人次,手术299例。

2018年6月至2019年1月,和平方舟第7次执行"和谐使命"系列任务,赴巴布亚新几内亚、瓦努阿图、斐济、汤加、哥伦比亚、委内瑞拉、格林纳达、多米尼克、安提瓜和巴布达、多米尼加、厄瓜多尔11国进行人道主义医疗服务，并应邀赴智利参加其海军成立200周年庆典活动。

"没有大炮，没有导弹，没有鱼雷……它满载着中国军队和人民对和平的渴望和对生命的尊重，是和平发展的'中国名片'。"中国驻东帝汶第6任大使刘洪洋曾在和平方舟甲板招待会上这样介绍和平方舟医院船。

如果说，中国海军战斗舰艇散发着雄性力量，那么，和平方舟医院船则格外与众不同："她"，散发着一种母性光辉。

这光辉，来源于和平方舟医院船的天然属性——战时进行海上伤病员医疗救护与后送，平时开展国际人道主义医疗服务、重大灾难应急救援、对外军事医学交流与合作。

这光辉，来源于和平方舟医院船上的人们——每一名船员和医务工作者对生命的尊重与敬畏，每一次救助的无私无畏与医者仁心。

这光辉，来源于和平方舟医院船所特有的担当——秉持和谐世界、和谐海洋的理念，播撒大爱，当好和平、友谊的使者。

有些地方，哪怕只去过一次，也会永远印在心底；有些人，哪怕只有一面之缘，也会成为永远的朋友。

对于和平方舟医院船来说，那一块块悬挂在大厅中的到访国国旗标志，以及会议室里各种各样的纪念徽章，不仅构成了这艘医院船的光辉航迹，更是属于这艘中国医院船的特殊荣誉。而对于到访国的民众来说，他们或许叫不上这些中国军医的名字，但他们一定记得那艘为他们带来健康的"大白船"，一定记得它的名字——和平方舟。

当舟山某军港码头再次出现迎接和平方舟回家的人群，这艘船刚

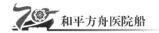

好度过了自己十周岁的生日。此刻,让我们把目光再次投向 2008 年的 12 月——对中国海军来说,那是一个不平凡的 12 月:中国海军派出武汉号导弹驱逐舰、海口号导弹驱逐舰和微山湖号综合补给舰组成舰艇编队,首次赴亚丁湾、索马里海域执行护航任务,中国海军的深蓝梦想也正式拉开大幕。

也是在那个 12 月,和平方舟医院船正式加入中国海军战斗序列,准备开启传播大爱的航程。这艘身披红十字的"大白船",恰好踏上了中国海军从"黄水"挺进深蓝的步点,不仅如此,在往后的十年里,它还为中国海军不断增添新的深蓝航迹。

今天,让我们再次翻开和平方舟的"成长相册",看看那一张张动人的笑脸,倾听那一个个温暖的故事,感受蕴藏其中的、来自中国的友谊与爱。

》第一章
出生就是明星

一顶红伞下，初三学生汤玉松正步履匆匆地往学校赶。再过不到两个月的时间，她将参加中考。为了考取"心中那所最好的高中"，小汤过着几乎"两点一线"的生活，用"两耳不闻窗外事"形容她当时的生活状态可谓贴切。可即便如此，近乎"封闭"的小汤还是听说了那件即将在青岛发生的大事儿。

可能是因为下雨，这几天海水的腥味特别重。参农张老汉的全部精力，几乎都放在了脚下这一大片养参池中，看着小海参一天天变胖，老张很是开心。不过最近，张老汉的精力会被远处海面上"威风的军舰"所吸引，他的心中充满好奇。虽然在青岛海边看见军舰是常事，可"最近还是不太一样"——军舰出来的次数多了。

青岛港码头货场，年轻小伙孙佳乐正和工友们一起往一艘万吨级货船上装载货物。这艘货船很快就要出海，带着这批货物驶向遥远的异国。对孙佳乐来说，这些货物关系着船员的生计，更关乎自己的生计。为了尽快完成任务，他们在小雨中卖力地工作着。中午，雨停了。孙佳乐蹲在码头上抽烟，身后的几个工友议论着："过

5

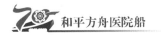
几天就能歇歇咯！"孙佳乐知道,他们说的是那件大事儿。

这一天,是 2009 年 4 月 10 日。再过 10 天,青岛——这座中国的海滨城市将迎来 29 个国家的海军代表团和 14 个国家的 21 艘舰艇。不仅如此,中国海军的多型主战舰艇也将在此期间亮相,举行盛大的海上阅兵式。

这场被青岛人民视作"大事儿"的活动,更是中国军队的大事儿——这是为中国人民海军 60 岁生日举办的盛大仪式,是中国第一次举办多国海军检阅活动,也是当时人民海军历史上最大规模的海上阅兵。

就是在这样一场重大活动中,一艘入列不到 1 年的新船出现在公众视野。不仅如此,这艘船还成为当时向多国军事代表团开放的 3 艘中国舰船之一。它就是和平方舟医院船。

（一）

一艘渔船在波浪中摇晃。

船舱内,船老大正在悠闲地闭目养神。昨夜,他和船员们折腾了一宿,功夫总算没有白费——此刻,在他的船舱内,已经装满了鱼虾。船老大心里盘算着这一船鱼能在青岛的海鲜市场卖多少钱,要是跳过那些收购的鱼贩子,自己是不是能赚得更多?

"老板！老板！你快来看啊！"突然从船舱外传来急切的喊声,打断了船老大的思路,他以为有大鱼出现,抓起衣服就往外冲。

船舱外,几名船员都愣愣地站在那里,眼神望向远处同一个地方。

船老大刚想骂人,一抬眼却被远处的一条大船所吸引。

这条船又长又大,这样的"块头"在货船里并不少见,可是这样的外观却是他们第一次看到:通体洁白,船身上画着大大的红十字。

"这是啥船?"一个瘦瘦的船员问船老大。船老大也在心里犯嘀咕:这是什么船? 他把眼睛觑成一条缝,隐隐约约看出船身上除了红十字,还有 3 个红色的数字。

"是艘军舰!"船老大凭着经验猜测。他回到船舱拿出望远镜,那条大白船船身上的舷号逐渐在他的眼中清晰起来:"866。"

此刻,866 驾驶室内,船长于大鹏正坐在椅子上目视前方。他们已经进入黄海海域。很快,他们将靠港在青岛港 6 号码头,参加中国海军建军 60 周年暨多国海军活动。而此时,距离这条舷号 866 的船入列,仅仅过去不到半年的时间。难怪,船老大和船员们对它既陌生又新奇。

或许,在船老大回到青岛后,会向家人和朋友谈论起这条在海上偶遇的大白船。但,这条大白船很快将出现在世界各地的电视新闻里、报纸图片中。

靠港的时候,青岛的天空仍然飘着毛毛细雨。船长于大鹏望着窗外阴沉的天气,继续下达口令。想要把这艘万吨级的大船安安全全地停靠码头,其实并不是件容易的事情。

不一会儿,大船稳稳地靠在码头上。码头上来往的海军官兵都不由自主地向这条大船行"注目礼"。

这艘舷号 866 的大船有个好听的名字——和平方舟。这是我国自主研制的专门为海上医疗救护"量身定做"的万吨级医院船,2008

7

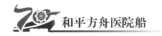

年底正式"落户"海军东海舰队。它不仅是中国海军医院船的独一份，就算是在世界舞台上，也是排得上名号的。这一次在海军建军60周年活动上的亮相，将是和平方舟医院船入列以来的"首秀"。

夕阳西下，一艘三桅帆船缓缓驶进青岛港。白色的船身上，三根高高耸立的桅杆很是显眼，船帆全部收拢挂起，船员整齐地站在桅杆两侧。这样的帆船造型很容易让人联想到大航海时代那些在海上战风斗浪的大型帆船。一个世纪过去，驰骋在海洋上的舰船造型不断更新，可这样的帆船造型似乎更为经典。特别是当它鼓起风帆一往无前的时候，就像是再一次掀起北欧神话中的巨浪。

这艘三桅帆船来自遥远的墨西哥，是一艘风帆训练舰，以墨西哥著名的反西班牙殖民者斗士夸乌特莫克命名。这是中国海军建军60周年活动第一艘抵达青岛的外国军舰。

正在和平方舟医院船CT室里忙活的李学周，听见了战友们的讨论。有一位年轻的护士说很想去看看外国的军舰到底是什么样的，她的同伴随声附和着。

李学周把手里的白毛巾搁到桌上，折叠整齐推到桌角。这是他多年来养成的习惯。他执掌的都是"救人命"的精密医学仪器，所以在做保养时，他也格外小心。就连擦拭仪器的毛巾都有专门的搁置位置，不管什么情况，他从不乱放。

听到室外的讨论，李学周站起身，双手叉腰活动了一下。此刻，船外，墨西哥的帆船由远及近，最后缓缓靠在岸边。他隐约听到了岸上的掌声，不过此刻他心里正在想着别的事情。

在接下来的两天里，俄罗斯"瓦良格"号导弹巡洋舰、美国"菲茨杰拉德"号导弹驱逐舰、加拿大"保护者"号补给舰、韩国"姜邯赞"号驱逐舰、印度"孟买"号导弹驱逐舰、澳大利亚"佩里"号巡逻艇……这些来自世界各地的舰艇汇聚青岛，仿佛这里正在举行一场盛大的世界舰船博览会。李学周和战友看着不断到来的外国军舰和外国海军，心里也暗暗绷紧了弦。

4 月 20 日下午，韩国"独岛"号两栖攻击舰抵达青岛港码头。这个满载排水量接近两万吨的"大家伙"吸引了岸上所有人的注意，这是参加海军建军 60 周年活动排水量最大的外国军舰。此时，来自 29 个国家的海军代表团和 14 个国家的 21 艘舰艇已列阵青岛。几小时后，海军司令员在青岛大港码头宣布，庆祝中国人民解放军海军成立 60 周年多国海军活动正式开幕。

提前一个月就已经到达青岛的和平方舟医院船，也在那一夜灯火辉煌中，正式开启了它走向世界的航程。

◎ 和平方舟踏浪前行（琚振华 摄）

9

（二）

让李学周一直思考的事情,是几小时前接到多国海军活动卫勤指挥组的任务——一名墨西哥水兵手臂受伤,和平方舟做好接应及治疗准备。因此,墨西哥"夸乌特莫克"号风帆训练舰的到达,对李学周和战友们来说,也是任务的到达。

虽然在来青岛的路上,和平方舟已经进行了许多次大大小小的救护演练,可这一次不是演练,救护的对象是个实实在在的人,而且是一名外国人。无论他的伤情是否轻重,和平方舟都必须提供全面、周到的治疗。因为,这一次参与治疗的医护人员代表的不仅仅是中国的医生,更代表着中国军人,代表着中国。

海军总医院医疗队队长孙涛在接到任务时,脑子里倒没想很多。医生的本能让他迅速做出反应:X光室打开拍片设备、手术室准备手术、药房备药……一系列任务部署完毕,孙涛马上询问身边的骨科医生:"除了这3套方案,我们还需要再准备第4套吗?"

孙涛一直是个严谨的人,不管做什么,他都会预备几套方案。妻子有时开玩笑说他是"强迫症",他总是一脸认真地纠正妻子:"这不是强迫症,这是对人家的生命负责。"

那一天晚上,和平方舟水兵餐厅的电视里,《新闻联播》正在播出博鳌亚洲论坛2009年年会开幕的消息。在距离他们几千公里外的海南博鳌,也汇聚了很多国际友人,大家热烈地讨论着接下来可能面对的情况。

◎和平方舟医院船与高速小艇在海面上联合搜救落水人员(江山 摄)

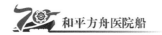

"Be careful."和平方舟医院船的工作人员早已在码头上等候墨西哥水兵的到来。

这名受伤的墨西哥小伙名叫科罗拉多。4天前,科罗拉多和战友们在甲板上跳舞时不小心滑倒。刚摔了还没觉得疼,可晚上睡觉时,他的手臂开始红肿,并剧烈疼痛。随舰的军医检查后,只能暂时用石膏帮他做简单固定,因为他们的医疗条件实在有限。看着舰员红肿的胳膊,"夸乌特莫克"号训练舰舰长拨通了中国海军的电话。

虽然这样的伤情张超不知处理过多少次,但这次他依然万分仔细。张超是海军总医院的一名骨科医生,同时,他还是和平方舟医院船医疗队骨科的主治医师。

术前准备室中,张超用英语和科罗拉多交流,询问其如何受伤、疼痛状况、口服药品等等,事无巨细。询问之后,张超让护士带着科罗拉多到X光室拍片。很快,科罗拉多的伤情确定:左桡骨骨折。

张超示意护士卢英子准备治疗,卢英子朝张超点点头。

不一会儿,科罗拉多走出治疗室,脸上终于露出笑容。他摸摸胳膊上新打的石膏,朝张超和卢英子伸出大拇指:"太谢谢你们了!"

一直陪伴在科罗拉多身边的墨西哥军医,从一上船,就有一种"眼睛不够用的感觉"。不论是宽敞的诊疗室,还是先进的医疗设备,都让他发出由衷的赞叹:"这船上的设备真棒!"

和平方舟的名号就这样在各国海军间传了开来,很多外国海军都会专门跑到和平方舟来,和这艘先进的大白船合个影。也正是在这一次多国海军活动中,和平方舟医院船迎来入列以后的第一个"高光时刻"。

4月20日,海军成立60周年暨多国海军活动正式开始。和平方舟医院船悬挂满旗,全体船员和海军总医院医疗队队员们一身"浪花白"礼服帅气地站在甲板列队。此次活动中,和平方舟将与温州号导弹护卫舰、长城218号常规动力潜艇一起,接受各国海军代表团的参观。

时任美国海军作战部部长加里·拉夫黑德上将和夫人一行是和平方舟接待的第一批客人。拉夫黑德在担任美国太平洋舰队司令时,就力主全面恢复与中国的军事交流,他也曾在2006年来到中国海军陆战队某旅的综合训练场,观看了中国海军陆战队队员的军事表演。这位身材魁梧的美军上将一站在和平方舟的舷梯口,便向船尾的海军军旗敬了一个标准的美式军礼。

检伤分类区、手术区、特诊室、放射室、消毒室……拉夫黑德上将和同行人员在和平方舟的每一处都会停留片刻。"What's this?""How to use?"拉夫黑德上将几乎会在每一处都提出问题,然后仔细聆听中国海军军医的介绍。

刘娅博士毕业后,成为海军总医院耳鼻喉科的一名大夫。她没想到自己会有机会参加如此重大的外事活动,从接到活动通知起,练习英语口语就成了她每天工作之余的"休闲课目"。现在,她用流利的英语向拉夫黑德上将一行介绍科室设备,自信而从容。

听刘娅介绍的时候,拉夫黑德上将频频点头。听完之后,他转身对他的夫人说:"这里的设备这么舒适先进,你要不要检查一下,夫人?"他的美式幽默逗笑了在场所有人。离开和平方舟医院船时,拉夫黑德上将对医院船上先进的医疗设备、高素质的医务人员再次发出赞叹。

◎ 和平方舟医院船进行战伤救护训练(江山 摄)

或许,这位美军将军想起了三年前的中国之行,对那时"中国人还有待发展"的后勤保障能力,他也有了新的认识。

连续不断的参观接待任务,让和平方舟医院船上所有的人员都处于高度紧张状态。每一天深夜来临,和平方舟的会议室里还是一派忙碌景象——大家一边要总结当天的接待情况,一边还要统筹安排第二天的任务。就在参观活动进行到第二天,他们又接到了"紧急任务"。

(三)

"咚咚咚——"和平方舟医院船的舷梯在 4 月 21 日夜里 11 点,发出一连串响声。孙涛带着外科主任陈学冬等在和平方舟后甲板,紧接着,所有人快步进入船舱。

"准备手术!"陈学冬对身边的人说。他两步跨进手术准备室,消毒、穿手术服、戴好口罩。无影灯一亮,陈学冬和战友们开始了和平方舟医院船上第一台"对外"手术。

手术台上,37岁的孟加拉国水兵阿拉姆的脸颊上还挂着泪痕,剧烈疼痛的肛旁囊肿让他痛苦不堪。阿拉姆来自孟加拉国,这一次随孟加拉国"奥斯曼"导弹护卫舰来到中国。没想到旧疾发作,"痛不欲生"。

舰上的很多人都想到了和平方舟。虽然这艘中国的医院船对他们而言还是陌生的,但关于它的"身世"和故事,却早就在各国海军间流传开来。于是,舰上的联络官马上行动,阿拉姆也在双方取得联系之后的第一时间被送往和平方舟。

手术一直持续到深夜。陪同而来的孟加拉国海军军医一直守在手术室外,他不时抬头看看手术室紧闭的大门,眼里满是焦急。一直陪在军医身边的中方工作人员,看出了他的焦虑,时不时地拍拍他的肩膀让他安心。

手术室的门霍然打开,陈学冬走了出来。他摘下口罩,朝孟加拉国海军军医笑着点点头。孟加拉国海军军医长长地舒了一口气,如释重负,紧锁着的眉头也终于舒展开来。

和平方舟医院船时任船长于大鹏交班之后赶了过来,得知阿拉姆手术顺利,也放心地点点头。这时,翻译官悄悄告诉于大鹏,孟加拉国海军军医一直陪着阿拉姆,还没来得及吃晚饭。于大鹏马上打电话到炊事班。不一会儿,一碗极具中国特色的西红柿鸡蛋面做好了。

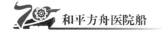

坐在和平方舟的水兵餐厅里，孟加拉国军医看着热腾腾的面条，却一脸犹豫。炊事班班长站在一旁急了，边说边比画，示意军医尝一尝，味道肯定不错。炊事班班长旁边的医疗队员杜昕敏锐地捕捉到了孟加拉国军医的微妙手势——这位用惯刀叉的军医面对两根又细又长的筷子，实在不知道怎么下手。杜昕转身告诉炊事班班长拿把叉子和勺子来。

果然，杜昕的判断是正确的。接过勺子和叉子的孟加拉国军医，大口吃起了面前的西红柿鸡蛋面。可是，吃了几口，他又停下了。

炊事班班长见状，又蒙了。这是怎么回事？难道是面条煮得太烂乎？还是面汤太咸了？他一脸无辜地望向杜昕。还没等杜昕反应，孟加拉国军医指着桌上的筷子说："Can I try ？"

原来，孟加拉国军医想试试用中国的筷子吃面条。坐在他身边的麻醉师李军笑呵呵地拿起筷子，递到孟加拉国军医手中，并帮他调整好两根筷子在手指之间的位置。孟加拉国军医小心翼翼地用筷子挑起一根面条，慢慢搁到嘴里，然后边吃边用另一只手竖起大拇指，冲着炊事班长说："Delicious！"

第二天清晨，晨雾还未完全消散，孟加拉国海军"奥斯曼"导弹护卫舰舰长带着舰徽和小礼物来到和平方舟。孙涛笑着在和平方舟后甲板迎接他。在距离孙涛两米的位置，这位舰长停下脚步，向孙涛和他身后的中国海军军旗敬了一个军礼。

"谢谢你们！救了我的舰员！""奥斯曼"舰舰长真诚地说，"你们让我真正懂得了什么是国际人道主义救援！"

就这样，和平方舟医院船一边承担着接待参观任务，一边承担着本职医疗救助任务。

新西兰水兵史蒂文好奇地站在和平方舟耳鼻喉科诊室外,等待着被刘娅"召唤"。一周前,史蒂文在游泳时双耳外耳道发炎,而他耳道中的耵聍又长时间没有清理,现在他听别人说话都感觉是"音量旋钮调到了最小"。

刘娅细心地为他清理耳道。半小时后,史蒂文轻轻地揉了一下自己的双耳,笑着对刘娅说:"刘医生,你又帮我把音量旋钮调到了正常值!"刘娅笑着把滴耳液递给史蒂文,并嘱咐他第二天再来上药治疗。

和史蒂文一起来到和平方舟的还有威廉姆。这个小伙子在20天前右手腕关节韧带损伤,在拍片诊疗之后,一定要拉着给他拍X光片的中国医生合个影。"这么先进的医院船我还是第一次见! 太神奇了! 我要把照片拿回去给我的家人看看!"

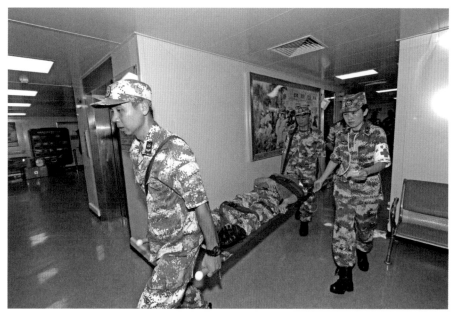

◎ 和平方舟医院船举行应急医疗救援训练(江山 摄)

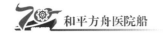

（四）

初三学生汤玉松一边吃饭，一边听着电视里的新闻。妈妈从厨房里又端了一条鱼出来，一边给她往碗里夹鱼肚子肉，一边说"多吃鱼会变聪明"。

"和平方舟举行甲板招待会，多国海军……"电视新闻里，播音员字正腔圆地播报着当天的重要新闻，汤玉松跟妈妈说："妈，你看，还是咱们中国海军的军装好看！"

妈妈一边给她盛汤，一边开玩笑地说："那你以后也嫁个军人吧！"

认为中国海军很帅的，又岂止是这个初三的小女生。在那一天的甲板招待会上，来自各国的海军代表、将军夫人、驻华武官都被中国海军，特别是脚下的和平方舟医院船"圈了粉"。

那一天，孙涛成了船上最忙碌的人。和平方舟治疗好很多外国水兵的事情，成了这一次多国海军活动上的"热搜"。而孙涛作为中国海军医疗队的队长，当天自然也就成了焦点人物。不仅是孙涛、陈学冬、张超等人也都被外宾"包围"，有的在探讨医学问题，而更多人则是对和平方舟医院船颇感兴趣。

"这艘医院船太棒了！再过 10 年它都不会落后！"美国驻华武官真诚地对孙涛说，"而且你们的医护人员素质也很高。我希望有机会，我们两国的医院船可以交流互访。这样一定可以更好地共同完成国际人道主义救援任务。"

那天，青岛的天气特别好。中外海军在和平方舟医院船的甲板上共话和平,手中的高脚杯在阳光下闪着光,清脆的碰杯声回荡在青岛港 6 号码头。

(五)

绍兴九年,也就是公元 1139 年,在濮州(今山东鄄城北)聚众抗金失败的李宝,南下投奔岳飞,与这位"怒发冲冠"的民族英雄,共同扛起抵抗金朝的旗帜。无奈,岳飞被杀,李宝从韩世忠守卫海州(今江苏连云港西南)。

公元 1161 年,完颜亮分兵四路大举攻宋。李宝率南宋水军 3000人,战船 120 艘,迎击金军船队。秋风乍起,李宝船队航行至陈家岛附近海域时,发现金军船队正在停泊避风,李宝乘其不备,用火箭、火炮等兵器施以火攻,一举全歼金军水师。这是火器应用于战争后的第一次大规模海战,被英国人收入《影响人类最重大的 100 次战役》。

这,就是历史上著名的唐岛之战,其发生地,正是今天的青岛附近海域。

穿越历史的烟尘,如今的青岛海域已不见战火硝烟,有的只是共话和平的觥筹交错。

当我们细心翻阅中国历史,我们会发现:青岛,这座地处山东半岛的城市,与海军有着特殊的缘分。不仅是因为这里靠海,更因为从1949—2009 这 60 年间,中华人民共和国的三次海上阅兵式均在青岛及其附近海域举行。

人民海军成立的第 8 个年头,号称当时人民海军"四大金刚"的四

© 2018年4月12日，中央军委在南海海域隆重举行海上阅兵式，展示人民海军崭新面貌（莫小亮 摄）

艘舰艇——鞍山舰、抚顺舰、长春舰和太原舰集体亮相青岛,这四艘舰艇是当时中国海军舰艇中,吨位最大、战斗力最强的四艘舰。与它们一同亮相的还有潜艇编队、猎潜艇编队、快速炮艇编队、鱼雷快艇编队等,以及海军航空兵歼击机群和水雷轰炸机编队。

这是人民海军成立以来,首次海上大阅兵。

那一次阅兵的最后,航空兵跳伞表演将整场阅兵仪式推向高潮。

38 年后的 1995 年,青岛附近的黄海海域再次举行盛大的海上阅兵仪式。战鹰在天空中呼啸而过,水面舰艇犹如钢铁长城般在波涛中蜿蜒起伏。随着一枚枚火炮的轰鸣声,海面溅起巨大浪花。对那一次阅兵,当时的媒体做出这样的评论:"电子战贯穿了演习的全过程,舰机协同、编队协同,舰空对抗、潜舰对抗,登陆作战,气势壮观,显示了人民海军装备质量有了新的发展,海上作战能力有了新的提高。"

历史的车轮滚滚向前。2009 年,人民海军成立 60 周年。青岛再一次成为举世瞩目的焦点。这一次,不仅是中国海军的主战装备集中亮相,来自世界各国的海军舰艇、代表团也云集在此。

正如茨威格所说:"历史是真正的诗人和戏剧家,任何一个作家都别想超越它。"这位伟大的"戏剧家"让青岛在几百年间经历战火洗礼,又沐浴和平之光。当年的硝烟似乎已随风而去,可每当狂风卷起巨浪,那翻滚的浪花必又提醒人们,往事并不如烟。和平,只属于真正的强者。

细细品味在青岛及其附近海域举行的三场海上大阅兵,它们以最简单直观的方式透析着中国人民海军的成长壮大,也显示着中华民族爱好和平、维护和平的信心和决心。

2018 年,南海大阅兵让所有人大呼震撼,热血沸腾。不仅是因为海上铁流澎湃,更因为这滚滚铁流即是捍卫和平的力量。

近年来,中国海军新型舰艇接连入列。这一艘艘散发着雄性荷尔蒙的铁甲战舰,让网友真正体会了那句"此生无悔入华夏,来生愿在种花家"的感叹。

而当我们再缩小焦距,将焦点对准每一艘舰艇,我们发现,和平方舟,这艘已经入列十年的医院船,则散发着母性的光辉。这光辉不仅照耀着中国万里海疆,还辐射着全球的大洋与大洲。它带给人们爱与希望,而这,正是中国海军的和平信仰。

和平方舟,和平之舟。

2009 年首次公开亮相就成为焦点。这是和平方舟的"命中注定",却也只是它成为全球明星的一个开始。

》》第二章
流动在大洋上的"红十字"

睁开眼的那一刻,凯文的意识依然是模糊的。恍恍惚惚中,他瞥见了有人正在把他抬上一条船。那条船很大很大,船身上画着巨大的"红十字"。这个年轻的美国小伙子不知道到底发生了什么,在恍惚中又一次昏了过去。

当凯文再次睁开双眼,他的第一反应是自己是不是已经死了。的确,在过去不久的那场灾难中,很多人丧生。凯文和大多数人一样,并没有亲眼看到飞机冲着世贸大厦撞了过去。但他和大多数人一样,亲眼看见了这座地标建筑的轰然倒塌,并在接下来的过程中被烧伤。

事发时,凯文正在和生意伙伴谈事情。咖啡还未上桌,灾难就发生了。那一天,是2001年9月11日。

凯文转头看了看周围,发现这里像一间病房,还有很多人也和他一样安静地躺在病床上。护士见他醒了,走过来问他感觉如何。凯文则更关心自己到底是在哪家医院。

"医院?"护士反问了一句,然后摇摇头说:"不,这里不是哪一

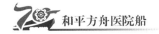

家医院,这里是'舒适'号医院船。"

这是一段来自在"9·11"恐怖袭击事件中被烧伤者的回忆。直到今天,当人们提起"9·11"恐怖袭击事件,仍会心有余悸。那场灾难给人们留下了巨大的恐惧,但在恐袭发生后,来自各方的应急救援也令人印象深刻,其中就包括这条服役于太平洋舰队的"舒适"号医院船。

对于"舒适"号来说,参与"9·11"恐怖袭击救援是非战争军事行动的重要表现之一,但这并不是它第一次出现在公众视野。在20世纪90年代的海湾战争中,"舒适"号就为美军和盟军伤员提供了及时有效的医疗救助。

无论是军事行动还是非战争军事行动,海军医院船都是体现海上救护保障能力的重要标志之一。而关于它的作用和地位,很多人都会用一个形象的比喻——流动在大洋上的"红十字"。

◎俯瞰在大洋上航行的中国海军和平方舟医院船(江山 摄)

（一）

有人说,人类历史上有两个伟大的时代:一是当今的互联网时代,二是大航海时代。

大航海时代,人类第一次完成了环球航行,也第一次真正认识了我们所生活的地球。

梳理这段历史,在600年前欧洲航海家的扬帆舰船中,我们寻找到了医院船最早的雏形。

一部电影复原了一支西班牙船队在大洋深处远航的情景——

狂风巨浪中,一支西班牙船队的木制帆船破浪而行。在那个时代,远航,意味着将生命作为航行的抵押。恶劣的海况,长时间的航行,都对船员生命健康造成巨大威胁。在这支西班牙船队中,我们发现了一艘专门用来对抗此类威胁的船只,它被用于海上救护和运送伤员。

但是,这样的船只并不算是真正的医院船。在18世纪之前,不论是海军医院船还是其他船队的医院船,都是"临时指定各种大小不同类型舰船,配上医务人员和医疗器材,用于完成海上伤病员的救治和后送任务"。

世界上第一艘专业级的医院船到底出现在什么时间、什么国家,现在都已很难考证清楚。但是,史料显示,在18世纪中期的海上战争中,就有了较为专业的医院船出现。在美西战争、美国南北战争等重大战争中,海战场上,各方军队都已开始配属了更加专业的医院船,无论是在设备、布局上,还是在医疗救助、伤员后送上,医院船的海上救护功能都在逐步趋于完善。

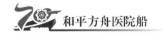

有这样一个关于医院船的历史细节鲜为人知——在1904年的日俄战争海战场上，日本海军的"西京丸"号医院船表现出色，为战争中受伤的日军提供医疗救治。这艘医院船的前身，是"西京丸"号巡洋舰。在1894年中日甲午海战中，这艘巡洋舰侥幸从北洋水师的炮火中逃脱，日本海军将其改造为医院船投入到日俄海战场上。

日俄战争爆发后的第十年，塞尔维亚萨拉热窝事件爆发。奥匈帝国皇储斐迪南大公视察萨拉热窝时，被一名塞尔维亚青年枪杀。这一事件，点燃了第一次世界大战的战火。

对于人类来说，第一次世界大战是一场巨大的悲剧——约6500万人参战，1000多万人丧生，2000多万人受伤。

对于武器来说，第一次世界大战则是它们的黄金时代——飞机、坦克、潜艇、机枪等现代武器，都在战争中展示了其强大的杀伤力，也实现了快速更新换代。在这样一个"黄金时代"，医院船也获得了前所未有的发展机会。从英吉利海峡到日德兰海，从波罗的海到地中海，在第一次世界大战的海战场上，有战舰的地方，就有医院船的身影。

在战争过程中，大英帝国、法兰西第三共和国、俄罗斯帝国、意大利王国和美利坚合众国等协约国，均派出数十条医院船作为海上救护保障力量。特别是英国，改装了近百艘大大小小的医院船。

在"一战"中占据了颇为重要地位的医院船，在第二次世界大战中更是发挥了不可估量的作用。"二战"期间，美国、英国、德国等参战国都拥有十几艘医院船。相比之前，这些医院船排水量更大、医疗设施更加完备、医护人员的救治也更加规范。这些医院船在"二战"期间，不仅是航行在海上的医院，同时也在不断为陆上交战区提供医疗器材和药品。

医院船从来都不是海战场上的主角。但是,现代战争从来都有医院船的身影。作为现代海军的鼻祖,英国海军在1982年的马岛战争中,将医院船的战争救护作用发挥得淋漓尽致。有一篇文章详细记录了英国"乌干达"号医院船在马岛战争中的亮眼表现——

在这场为期数月的海上局部战争中,随队的英国皇家海军1.69万吨级"乌干达"号医院船是由游船改装而成的,船上设有完备的内科、外科、眼科、口腔科、X线、检验、病理、药房、手术室、烧伤和加强护理病房,拥有300张病床,同时还设有直升机平台、伤员输送斜滑道、升降机、海上补给及海水淡化装置和卫星通信设备等。

从英军进入战争状态起直至战争结束,"乌干达"号海军医院船在海上连续执勤110天,为英军舰艇编队及登陆部队提供了全程卫生勤务保障,且每每在重要关头大显身手。在英军"谢菲尔德"号、"炽烈"号、"考文垂"号导弹驱逐舰以及"羚羊"号导弹护卫舰等被阿军"飞鱼"式空舰导弹或炸弹命中后的第一时间,英军的救生直升机就很快飞抵现场,在遭受重创的舰艇上空迅速将伤员接送至"乌干达"号海军医院船进行及时救治。该船先进的医疗技术和设施使英军90%以上的伤员在距英国本土1.3万千米的战区获得了很好的救治,同时也为危重伤员转送后方治疗赢得了宝贵的时间,从而为保持英军的士气并将伤亡控制到最低限度发挥了极其重要的作用。

从战后英方公开的统计资料看,英军的生命损失明显

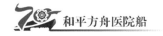

低于对手。"谢菲尔德"号驱逐舰在被导弹击中后的最初20秒内,剧烈爆炸导致英军水兵当场死亡44人,很多人受伤,但舰上伤员则在救生人员的及时努力下被直升机快速接送至医院船实行紧急救治,使人员损失很快得到有效控制。

反观阿根廷军队方面,由于战场救护能力欠缺,出现了许多本来可以避免的人员损失。如阿方"贝尔格拉诺将军"号巡洋舰在被英军鱼雷击中40分钟后沉没,除当场阵亡人员外,仍有1091人最终落水,在这个靠近南极圈的恶劣环境下,由于阿方救援能力不足,终使上述落水人员的死亡及失踪率高达30%,该舰被击沉不仅使阿根廷海军遭受了严重的人员和装备损失,更令其整个海军上下陷入严重恐惧,以至在其后的战事中龟缩于本土港内,在阿根廷空军殊死出击及陆军官兵困守马岛的重要关头无所作为。而且,阿根廷空军飞行员之所以在较短时间内损失殆尽也明显与其战区救援、救治装备和机构的匮乏有着间接或直接的关联。

(二)

战争电影《敦刻尔克》中,一幕幕这样的场景令人印象深刻——载满了人的舰船刚刚起航,凌空而来的战机投下炸弹。一瞬间,海面上火光冲天,船中所有人的生命刹那间被水与火吞噬。

自唐岛海战火器被应用于海上战争,各式先进的打击武器就从未停止发展的步伐。从小口径的手枪到大口径的火炮,从飞机携带的炸弹到岸防部署的导弹,从甲板上的机枪到船舱内的鱼雷,武器给现代海战场带来无限的可能性,同时也带来了大规模的杀伤力。电影《敦刻尔克》中,那一条条被战火吞噬的鲜活生命,给了我们最直观的例证。

在远离陆地的大洋之上,一旦发生这样的情况,随舰保障的医务人员根本无能为力。由此,是否拥有完善的、现代化的海上卫勤保障能力,便成为衡量一个国家海军现代化发展程度的重要指标之一。

沙特的朱拜勒港码头邻近的海水中,或许至今仍残留着导弹残片。这些残片,来自一枚伊拉克改进型"飞毛腿 B"导弹,这枚导弹在1991 年 2 月 16 日从伊拉克飞向朱拜勒港码头——海湾战争中,美军最重要的后勤保障基地之一。

这枚"飞毛腿"导弹在当时并没有爆炸,但是仍有一些残片溅落到了停泊在防波堤的船只上,其中就包括一艘波兰医院船。据战后美军披露,这枚导弹的命中海域距离波兰的医院船仅有 125 米。

海湾战争,是距离我们最近、规模最大的一场现代化局部战争。医院船在海湾战争中,可以说发挥了巨大作用,其中表现最优异的当属美国的两艘医院船——"仁慈"号和"舒适"号。

1983 年,美国海军购置了两艘油船——"价值"号和"玫瑰红"号。经过改装,两艘油船成为美海军服役至今的两艘医院船——"仁慈"号和"舒适"号。

"仁慈"号医院船的母港在美国圣地亚哥港。医院船长 272.6 米,宽32.2米,满载排水量近 7 万吨,航速16.5 节,续航力13420 海里。船

上搭载了 12 艘救生艇。

"仁慈"号医院船上设有接收分类区、观察室、手术区、放射科、药房、化验室等区域,并配置有血库、理疗中心等,共有 1000 张病床。平时,医院船上只留少数值勤人员。不过,一旦任务来临,所有医疗设备的配置检修、物资装载,以及专业医护人员配置都能够在 5 天内完成。

这两艘医院船的改装工程费用惊人,共耗资 5 亿多美元。

海湾战争爆发后,美国从海军医院和各个医疗中心紧急抽调一批医护人员,随"仁慈"号和"舒适"号部署在海湾地区。两艘医院船不光为美军及其盟军伤员提供医疗救助,还收治了不少伊拉克伤员。

2003 年的元旦刚过,"舒适"号医院船离开马里兰州巴尔的摩内港基地。时隔 12 年,这艘身披"红十字"的医院船再次被部署到海湾地区,并在波斯湾停留了 56 天之久。

据美国媒体公开报道,在伊拉克战争期间,美英联军共死亡 100 多人,美军伤病员有 400 多名。这些伤员均被送往"舒适"号医院船进行治疗。该船最忙碌的一天共接诊了 20 多名伤员。

"舒适"号当年在离开 4 个月后返回美国本土,数据显示,截至 2003 年 4 月 30 日,"舒适"号医院船共收治了 600 多名伤病员,实施手术 500 多台(次),这其中还包括截肢手术和植皮手术(多数作战伤为枪伤、榴弹伤、烧伤、头部损伤,因此大约有 50% 的伤病员需要做整形外科手术)。时间最长的一台手术是为一名美国士兵复位与固定脊椎,这台手术整整持续了 11 个小时。

但在伊拉克战争中,另一组数据则深刻阐明了医院船救死扶伤的本质——据统计,"舒适"号医院船在战争期间救治了约 300 名伊拉克伤员,其中 150 名为战俘,其他的则是伊拉克平民。

在总共收治的 600 多名伤病员中,伊拉克伤员占了近一半。画在船身上的巨大红十字在这场行动中,充分彰显出它应有的夺目色彩。

由此,我们也不难发现,救死扶伤不仅是海军医院船的本职所在,更是其区别于其他舰船的本质,这一本质还受到《关于 1906 年 7 月 6 日日内瓦公约原则适用于海战的公约》《改善海上武装部队伤者病者及遇难者境遇的日内瓦公约》和两个《附加议定书》等国际法的保护。

相关国际法中,对医院船在战时使用做了明确规定:医院船的船体涂成白色,两舷和甲板标有深红十字(或红新月或红狮与日)标志;挂本国国旗,并在桅杆高处挂白底红十字旗;在任何情况下不受攻击和捕拿,但须于使用前 10 日将该船名称及其说明书通知冲突各方;在海战和海上武装冲突中,如医院船正停泊在敌方控制的港口或水域,应准许其安全驶离。国际法同时也规定,医院船有义务为所有不同国籍的伤者、病者和遇难船员提供平等的帮助;医院船不能强迫交战各方接受所提供的救助,也不能以海上救护为由妨碍战斗舰艇的作战行动;更不能参与情报传递、海上监视或武装袭击等军事行动,否则将丧失合法地位。

国际法的规定如同金钟罩一般,保护医院船在炮火硝烟中穿行,履行救死扶伤的义务。

当时间的车轮在历史中留下清晰的车辙,昔日的炮火已成为"舒适"号医院船的功勋。不过透过历史我们看到,尽管"舒适"号和"仁慈"号在每一次战火中都有出色表现,但它们绝不仅仅是为战争而生的。

就在 2018 年夏季,"舒适"号又一次出现在公众视野中。美国五角大楼将其派往南美哥伦比亚,缓解当地医疗系统短缺的问题,同时还可能为其他南美国家提供服务。回溯历史,1987 年,"仁慈"号医院

◎ 美国海军"仁慈"号医院船(张少虎 摄)

船服役还未"满岁",就被派往菲律宾执行人道主义救援任务;"9·11"恐怖袭击发生的第二天,"舒适"号就在纽约附近海域停泊,为在恐袭中受伤的人们提供医疗救治及生活保障。

纵观世界大洋,目前只有少数国家还保留着真正意义上的专业化医院船,大多数国家都是在有需要时,对商船等船只进行模块化改装。

打开世界海军医院船图册,除美国海军的两艘"仁慈"级医院船外,俄罗斯现有3艘"斯维尔"级医院船服役。其中"叶尼塞河"号曾被作为古巴的前线医院,"伊尔蒂什"号也曾在海湾战争期间被部署在海湾地区。位于南美的巴西,也拥有3艘医院船,两艘是于1984年服役的"奥斯瓦尔多·克鲁兹"级医院船,另一艘则是在21世纪开始服役的"到特·蒙特尼哥罗"级医院船。

拥有一艘现代化专业的医院船,意味着在战时能够维持更长久的战斗力,能够留住更多生命。在非战争状态下,一艘成熟的医院船,则可以让海军的航迹延伸得更远。

2008 年,对于中国海军来说是极不平凡的一年。就在那一年的 12 月,中国海军首批护航编队解缆起航,开赴亚丁湾、索马里海域,为过往商船保驾护航。同样也是在那个 12 月的寒风中,中国第一艘真正的专业化医院船和平方舟正式加入人民海军战斗序列。

那一个平凡的 12 月,拉开了中国海军走向深蓝的不平凡的序幕。和平方舟医院船也成为人们的焦点。

但可能很多人并不知道,中国海军的医院船也曾经历了艰难的发展历程。

(三)

江苏泰州,距离山东青岛 550 千米。这座江南小城并不靠海,但却与青岛一样,与海军有着不解之缘,甚至这里与人民海军的缘分更深——1949 年 4 月 23 日,人民海军在江苏省泰州市白马庙乡宣告成立,这意味着中国结束了有海无防的历史。也是在那一天,国民党第二舰队在南京投诚。翌日,南京解放。

中华人民共和国成立初期一直到 20 世纪 60 年代末,人民海军的主要作战任务是肃清沿海岛屿的国民党余部,对抗国民党舰船对东南沿海的袭扰等。基于这样的作战任务,那一时期,人民海军的作战范围和活动海域限于大陆 12 海里领海基线附近。当然,这是受到舰船的数量、性能有限等客观条件的限制。因此,在海军成立之初的近 20 年,对于海上卫勤保障能力的需求,特别是远海卫勤保障的需求,并没有那么迫切。

但,这样的状况并没有持续多久。20 世纪 70 年代中期在南海爆

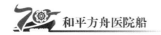

发的西沙海岛保卫战,让海上卫勤保障能力的升级正式提上了中国海军发展的议事日程,中国海军医院船的建造也拉开大幕。

开始,往往是最难的。可是很多时候,一旦开始,前进的脚步就再也不会停下。1980 年,经过海军有关部门的深入调研,"琼沙"级快速运输舰被确定为海军医院船的改装蓝本,并交由广州造船厂建造。

1982 年,中国海军第一艘医院船正式交付部队使用。医院船被命名为南康号,舷号833。

对世界海军来说,1982 年是一个极为特殊的年份。那一年,在距离中国南海万里之遥的大西洋上,爆发了冷战期间规模最大、战况最激烈的一次战争——英阿马岛战争。在这场战争中,英国的"乌干达"号医院船表现优异。

大洋的另一边,中国海军南康号医院船的发展也正式起步。据文献资料记载,南康号医院船"船体长 86 米,宽13.5米,吃水3.9米,排水量2150 吨,主机为 3 台 1320 马力柴油机,3 轴推进,最大航速 16 节,最大航程 3000 海里,自持力 12 昼夜。南康号医院船上配备了全球定位搜索装置,设有伤员分类站、手术室、抗休克室、重伤处置室、X 光室、传染病室等专门舱室和机构,配有医护人员 52 名,具有收治 100 – 130 名伤员的能力。南康号医院船可在中近海实施海上救治,入役后曾多次参加解放军的海上演习,并多次随巡逻舰艇到南沙海域执行任务"。

南康号的入列不仅填补了人民海军海上卫勤保障能力的空白,关于它的另一项"首次"纪录也令人激动——在海军南康号医院船上,诞生了人民海军首批女舰员。

护士吴思涛做梦都想当"明星"——

不久前,吴思涛所在的 422 医院的政治处派人到医院的各个科室征求意见,询问是否有人愿意到中国第一艘也是唯一一艘医院船南康号上工作。原本医院领导还担心没有人愿意去，毕竟，在船上生活并不是件轻松的事。而且在当时，海军的舰船上从没有过女兵。最后提交到医院领导手里的报名名单，证明了之前的担心是多余的——全院竟有200多名护士报了名。

吴思涛是科室里第一个报名的。能够有机会乘上第一艘医院船，这是件多么荣耀的事情啊！不仅如此，一旦她们上了南康号，她们还将成为新中国首批女舰员！这样的"明星"，谁又不想做呢？

和当时很多年轻小姑娘一样，吴思涛在踏上南康号之前，过着简单的生活，医院和家两点一线。工作时，她穿梭于422医院的走廊和病房；下班后，到邻居家蹭电视看两集《雪山飞狐》，说不定还有《家有仙妻》的重播，与姐妹们讨论剧情、一起唱一首《失恋阵线联盟》，是那个物质和精神生活都不太丰富的时代里最潮的事情。

那一年，是1991年。

那天，正在给病人换药的吴思涛接到通知：第二天开会，宣布名单。

第二天，422医院的大礼堂里坐得满满当当。台下的人不论是否报了名，脸上都挂着期待而紧张的神情。

"陈金凤、王华容、陈霞、林丽贞、孙琼……"台上领导开始宣读入选名单，每念到一个名字，台下都会爆发出雷鸣般的掌声。

吴思涛跟着大家一起用力为战友鼓掌，同时，她的内心也越发焦急，因为大家都知道，能上南康号的人员非常有限。吴思涛在每一次掌声落下的时候，都不由地咬咬嘴唇，攥紧的小拳头里，已经渗出一点点汗水。

"吴思涛！"听到自己名字的时候，吴思涛蒙了一下，很快，她被周围的掌声和祝贺声拉回了现场，内心的激动让她不由地叫了出来。

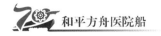

在军歌声和掌声中,吴思涛和其他 16 名护士款款走上台。军歌声落,掌声停息,17 名护士举起右拳,面对党旗庄严宣誓:立志成为勇于拼搏、敢于吃苦的海上"雄鹰"!

就这样,中国海军首批女舰员随着中国首艘医院船南康号正式开启属于她们的"海漂"生活。这一漂,就漂了 10 年之久,她们在南康号上度过了自己 20 多岁的青春年华,与南康号一起成长,随着南康号给岛礁上的官兵们送去健康和欢笑。而她们,都是那个时代当之无愧的"明星"。

(四)

在海军首批女舰员陈金凤的印象里,最让她和姐妹们"痛不欲生"的事情莫过于晕船。因为南康号吨位太小,一旦在海上遇到恶劣海况,船的横摇甚至会超过 30 度,"人根本没法睡觉,因为在床上就会被摇下来"。

陈金凤的晕船记忆,也正暴露了南康号客观存在的短板——船的规模整体偏小,这不但让船员的"漂流"生活异常难过,同时也限制了其作为医院船本身的救治规模。

很快,海军有关研究机构开始了对医院船建造改装的新一轮调研论证。这一次,他们把目光对准国外医院船的改装经验,利用集装箱模块进行改装。

1996 年,在南康号航行的第 14 个年头,中国的又一艘具有医院船功能的舰船出现在海面上。这就是带有医疗模块系统的中国海军万吨级训练舰世昌号。

这艘以民族英雄邓世昌的名字命名的训练舰,可以说是"全能型选手"——它长 120 多米、宽 18 米、高近 40 米,"拥有航海训练、直升机训练、医疗训练、国防动员演练以及运载 300 个标准集装箱等多种功能。通过加装各种集装箱模块,能迅速地把一艘民用运输船转换成各类战时使用的军用辅助器"。有网友这样形容世昌号,说它是"中国海军最像直升机航母的军舰"。

这位"全能选手"在当时的海军舰艇中,算是个"大块头"。从空中俯瞰世昌号,白色的集装箱模块整齐地列装在宽阔的甲板上,让人热血沸腾,也让人心安。走近船用医疗模块组合,会发现这里是"全能型"里的医用"全能型"。

根据世昌号公开资料,"该组合采用 6 米或 12 米国际标准集装箱改装,包括 14 件典型医疗模块、2 件中央通道模块和 2 件中央空调器模块,这种医疗模块设有术前准备室、手术室、护理站、隔离病房、中重伤病房、烧伤重症监护病房、口腔诊治室、眼耳鼻喉诊治室、特诊室、X 光室、检验室、消毒供应室、药材贮藏室和指挥室等齐全的舱室和机构,且吊装、组合都相当迅速和方便。该船用医疗模块系统以中央通道模块为纵轴,两侧对称分布,成 7 列 4 行置于医院船的上甲板中部。整个系统内有空调、电气、给排水、通讯、空气净化、消防灭火、中心供氧等 7 个功能系统贯通,配有基本医疗装备百余种共 200 余件,战时可增加模块数量,展开 200 张病床,在海上执行伤病员的早期治疗任务。在世昌号的后甲板设有 2 个直升机着舰位,可以利用直升机对伤病员进行快速接送"。

世昌号医疗模块系统的研制成功,为我军海上卫勤保障能力的提升又增添了浓墨重彩的一笔。关于世昌号医疗模块系统的优势,一篇文献中曾这样描述:"国内集装箱运输船资源广泛,战时征用方便,对

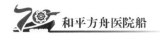
医疗集装箱模块进行大量复制生产周期短,而且具有装卸灵活方便的优点。由于采用集装箱标准件和通用件,陆、海、空多种方式联运均无障碍,且其制造、贮存、运输、吊装过程不易暴露用途,因而在战略、战役隐蔽方面也极为有利。世昌号国防动员舰在加装医疗模块后可以很快改型为医院船,只需根据其甲板将现成的医疗集装箱模块吊装上船进行拼合组装,接通水电即可达到使用状态。必要时,这种医疗模块能够在短时间内快速加装到大量民用集装箱运输船和滚装船上,极大地提高了我军海上卫勤保障的快速反应能力乃至规模,并为建设具有我军特色的平战结合、军民结合、舰岸结合的海上卫勤保障体系探索出一条新的途径。"

就在很多人都以为,世昌号模式将成为中国海军医院船的常备编制时,一场隆重的展览让人们对医院船充满无限期待。

（五）

7月的北京骄阳似火。中国人民革命军事博物馆外,早早就排起了队。纪念中国人民解放军建军80周年大型主题展览《我们的队伍向太阳——新中国成立以来国防和军队建设成就展》在这里举行。展览上,既有多件当时国产大型主战装备,又有上千件历史文物;既有近千幅珍贵而具有代表性的图片,也有6座大型景观让观众直观了解中国军队的变化与发展。

正是在这场盛大的展览上,一种全新的大吨位医院船模型引起了国内外媒体以及观众们的极大关注。当时很多人猜测,中国正在建造大型的专业化医院船。

© 和平方舟医院船举行升旗仪式
  (代宗锋 摄)

◎和平方舟医院船参加中央军委在南海海域举行的海上阅兵式

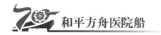

一年之后,所有的关注与猜测都得到印证——中国自行设计建造的大型医院船岱山岛号正式交付海军,"落户"东海舰队某作战支援舰支队,被大家称为"和平方舟"。

和平方舟医院船,舷号866,是我国自行设计建造的大型海上医疗救护平台。船长178米、宽24米、高35.5米,上下共有8层甲板,排水量14300吨,最大航速20节,可抗12级风力。和平方舟医院船上设有伤病员换乘、检伤分类、门诊、住院、护送撤离五大医疗区,总面积达4000平方米。

和平方舟医院船的设施也十分完备:有电脑断层扫描室、数字X线摄影室、特诊室、特检室、口腔诊疗室、眼耳鼻喉诊室、药房、血库、制氧站、中心负荷吸引真空系统和压缩空气系统等医疗系统,共217种2406(台)套;配备设有多个手术室和护士站;设有重症监护病房20张床、重伤病房109张床、烧伤病房67张床、普通病房94张床、隔离病房10张床等各类型的床300张;船上设有远程医疗会诊系统;配有特殊规格的电梯3部,供伤员转运使用。此外,洗衣房、健身房、理发室、图书馆和餐厅等日常生活设施也一应俱全,相当于陆上三甲医院。飞行甲板面积近千平方米,可以供多种型号的直升机起降。

和平方舟医院船的横空出世,补上了中国海军舰艇家族的又一块拼图。而它对于中国海军海上卫勤保障能力的提升作用,也是不可估量的。

2009年,和平方舟医院船在青岛惊艳亮相。在那一场"处子秀"上,和平方舟收获了世界的目光与称赞。也是从那一次起,和平方舟正式开始了和平之旅、大爱之旅。

在接下来的十年里,和平方舟为中国海军挺进深蓝做出的贡献,为维护世界和平做出的贡献,令世人对中国海军刮目相看,对中国刮目相看。

>>> 第三章
起航，巡诊祖国万里海疆

海风习习。

一位年轻的护士在和平方舟医院船的后甲板上四处看，尽管从任何一个方向看都是海，可她仍显得很开心。夕阳的余晖在她的脸上洒下一层橘红色的光，好像为她精心涂上一层漂亮的腮红。

突然，小护士兴奋地叫了起来，周围好多同事围了过来。原来，一只路过的海鸟无意中给她的胳膊上留下了一点小"礼物"——

"啊！是鸟屎！"小护士的声音里，听不出半点生气，反而透着股新奇有趣。旁边一位男同事打趣道："这要是在上海，你肯定气死咯！"小护士笑着说："那能一样吗？章医生！这可是南沙的鸟屎！有几个人能来得了这里？"说完，大家一起笑了起来。

此刻，和平方舟医院船正载着百余名从全军医疗单位抽调的医务人员，航行在中国南海。

不久前，他们从上海吴淞军港起航，开启了"和平方舟医疗服务万里海疆行"的序幕。这，也是这艘万吨级医院船首次执行岛礁巡诊任务。而此时，距离和平方舟医院船入列还不满一年。

◎ 中国海军和平方舟医院船缓缓驶离码头时官兵们挥手告别(韩林 摄)

对于和平方舟来说,巡诊祖国万里海疆是头一回;对船上的很多医务人员来说,乘着最先进的战舰为守护祖国"南大门"的战友送健康,也是头一回。他们曾在中国地图上无数次凝视过这片海域,熟悉而陌生。现在,它已近在咫尺,难怪大家会如此兴奋。

就在几个月前,和平方舟刚刚在青岛结束了它的世界首秀。现在,它将开始执行作为一条专业化医院船的核心任务。这是一次巡诊,是一次检验,也是一次挑战。

(一)

章益峰抱着双臂,凝视远方。

此刻,距离南沙群岛的渚碧礁已经很近很近了。这是章益峰和战

46

友们期盼已久的地方。从 10 月 20 日出发，他们随着和平方舟医院船一路由北向南航行。虽说自己是一名海军军医，在海军 411 医院工作多年，可这一回他才"真正体会到自己是一名海军军人"。

不远处，渚碧礁上的营房已渐渐清晰。营房上"忠诚于党，热爱人民"八个红色大字亮眼夺目。

眼前，那座面积不大的营房，就是守礁官兵生活的地方。细算起来，这已经是"3.0 版"的高脚屋了。1988 年，我国在渚碧礁上建起了第一代高脚屋。说是"屋"，其实就是一个极其简易的竹棚。它用竹竿、草席和油毛毡简单搭建，像极了田间地头那些用来临时歇脚、看地的小窝棚，南沙当地人把这样的屋子称为"看瓜棚""海上猫耳洞"，还有一句顺口溜形容它："海风一吹，吱吱作响；海浪一打，摇摇晃晃；下起雨来，到处漏水。"

顺口溜正形容了第一代高脚屋的"危房"性质。很快，升级版来了。第二代高脚屋换装铁皮"外衣"，抗风雨能力明显提高不少。远远看去，好像是马路上交警的岗亭，因此，官兵们把"2.0 版"高脚屋称为"海上岗亭"。但是，只要太阳一晒，"岗亭"就成了"烤箱＋蒸笼"。而且，南沙海域靠近赤道，终年日照强烈，这种"闷罐式"铁皮高脚屋着实让人难受。

20 世纪 90 年代，为了改变守礁官兵的生活状况，"3.0 版"高脚屋应运而生。说是高脚屋，其实是和陆地上房屋一样的钢筋混凝土结构房屋。第三代高脚屋的兴建，让官兵的生活质量有了大幅度的提升。

望着此情此景，章益峰不禁心生感慨："这么美丽的地方，若不是有一批批不怕苦的战友守着，我们今天又怎么来得了呢？"

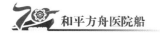

在章益峰凝视的地方,高高的岗楼上,守礁官兵们也在凝望着从远处驶来的和平方舟医院船。"好大呀!""你看你看! 上面有个红十字!""快把望远镜给我!"……和平方舟的到来,让这座面积很小的礁盘沸腾了。

在章益峰看得出神时,几名和平方舟医院船上的战士,在船舷上拉起了红色的条幅,上面写着:"向守卫国门保卫海疆的英雄卫士们致敬!"几名年轻的护士已经跳着向渚碧礁方向挥动手臂。

在和平方舟的船舱内,此时却是另一番景象。船长于大鹏手持话筒,向各个战位不断地下达指令。他们现在已经很靠近礁盘,海水深度在慢慢变浅,如果稍有疏忽,就可能发生触礁。

在这样的情况下,和平方舟这艘万吨大船想要靠上渚碧礁的码头,几乎是不可能的。因此,按照之前定下的计划,将会有 10 名战士搭登陆舰换乘到和平方舟医院船上进行身体检查。

很快,一艘登陆舰朝着和平方舟驶来。和平方舟上的船员迅速在登陆舰驶来的一侧放下防撞垫。白色的、圆柱形的防撞垫漂在两船中间,防止船体发生碰撞,大家都把这个东西称为"水老鼠"。于大鹏从驾驶室来到舱面,站在已经打开的船舷栏杆旁。一架木制换乘梯,从登陆舰伸向和平方舟,和平方舟上的船员迅速接住,并把梯子固定好。

都说海上无风三尺浪。即使是当天这样的好天气,海上的浪涌依然让和平方舟和登陆舰上下浮动,却又无法保持"同频共振"。这样的情况,很多医务人员是第一次见到,先前的兴奋被紧张取代,两个站在内舱门口的小护士紧张地拉着彼此的手,皱着眉头紧紧盯着悬在海面上的换乘木梯。

相比和平方舟上紧张的医务人员,10 名即将登上和平方舟的渚碧礁官兵则显得轻松许多,毕竟,这样的换乘对他们来说是家常便饭。现在,他们的脸上写满了好奇与期待。出发前,战友们嘱咐他们,一定要好好看看这艘先进的医院船;他们也答应了战友,回去之后把在船上看到的一切都讲给大家听。听说和平方舟医院船很大,他们还开玩笑要做个分工,每个人记住和平方舟的一点点就好。

和平方舟医院船上的大部分医务人员都是第一次接触南沙守礁官兵,在检伤分类区,护士们细致地询问着他们的身体状况,并安排他们到相应的科室。而走进和平方舟医院船的守礁官兵,感觉"自己的眼睛都不够用了",这么大、这么先进的船,是他们"从前想都不敢想的"。

四级军士长魏茂江,是个淳朴的北方汉子。为了登上和平方舟,他和战友们特意换上了"迎宾服"。说是"迎宾服",其实就是一身轻薄的 07 式海洋迷彩。平时训练时,他们都穿着那套材质更厚的迷彩,这身衣服只在迎接首长、重要客人的时候,才会换上。

魏茂江的脸已经被阳光镀上了一层古铜色,这颜色已经深深嵌入他的肌理。从守礁第一天算起,如今,他在南沙巡防区已经待了 9 年,其中待在渚碧礁上的日子就有 57 个月。魏茂江是个细心的人,在巡逻时,他会留意脚下是否有好看的贝壳。如果有,他会在下哨后把贝壳捡回去,精心制作成标本,等着下一次轮换回到陆地,把它们送给爱人和孩子。

对家庭的愧疚,是每一个守礁官兵解不开的心结。所以,在其他战友做别的身体检查时,魏茂江主动敲开了心理医生诊室的门。虽然

他知道,可能这一次的心理问诊并不能解决多少实际生活中的问题,但,专业心理医生的意见总是让他心安。而在岛礁上碰到这样专业的心理医生,还是头一回。

和魏茂江一样,其他的守礁官兵在和平方舟医院船上,也体验到了前所未有的医疗服务。而对于身处和平方舟医院船上的医护人员来说,这一次的巡诊经历,不仅为他们个人军旅生涯增添了色彩,更为作为医护人员的他们提供了来自一线的宝贵历练机会。

(二)

何勤国也不知道自己当时哪里来的勇气去做那件事。

和平方舟医院船在南海继续航行。在渚碧礁和赤瓜礁的巡诊,都是由登陆舰带着岛礁上的官兵来到船上。而在和平方舟很快要到达的永暑礁海域,医务人员将要集体换乘登陆舰,登上永暑礁。这让每一个人都兴奋不已。

准备登礁的那一天,何勤国和战友们早早准备好一切,在检伤分类区整齐列队。早上,他特意跑到甲板上去看了看外面的天气。出来的这些日子,前一秒是太阳后一秒是大雨的天气,让他见识到了海洋气候的多变。现在的何勤国,信心满满,兜里揣着皮肤药膏,准备"战斗"。

可是,当每个人脸上都写满期待的时候,令他们失望的消息从驾驶室传来:寒潮来袭,风浪太大,当天无法登礁。

很多人不甘心,放下包就往甲板上跑。天空中大块大块的乌云好像要吞噬海水，而海水则以反抗的姿态掀起一层又一层浪涌。海风渐渐变大，大家的希望变得越来越小。

何勤国回到皮肤科诊室，他没有着急把药物拿出来。万一下午天气就好了呢？万一第二天就能登礁了呢？这位已经50多岁的皮肤科主任医生，对这一次巡诊格外看重。他知道，在城市里，是没有这样的实战机会的。对岛礁上的官兵来说，高温高湿导致的皮肤病是最常见的疾病之一。这一趟，他不光要给官兵们瞧病，他还要收集数据和病例，回去好好研究。

第二天一大早，何勤国早早地踱步走出船舱。一出舱，他的眉头又皱了起来。乌云还是和昨天一样多，不，比昨天还多。看一眼仿佛漂在海上的永暑礁，何勤国叹了口气，转身回到舱内。

就这样，第三天、第四天，终于，希望在第五天出现了。

寒潮过去，风浪变小。现在，大概是登礁的最后机会了。因为，下一个寒潮很快又要抵达南海。对！就是现在！

和平方舟医院船的船员们搬来舷梯，一点点搭上靠过来的登陆舰。可就在这时，意外发生了——平时要10个人抬的舷梯，在搭上登陆舰的瞬间，被两船之间的起伏落差摔散了架。

站在和平方舟上的医务人员都看呆了。前几天，渚碧礁官兵的换乘已经让他们心惊肉跳，现在这样的状况显然远远超出了他们的预料。

于大鹏马上下令换软梯。可是，软梯架在两船之间晃动不止，就连换乘经验丰富的船员都难以踩稳，大家又怎么可能让这些医务人员去冒险？

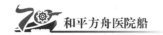

最终，船长于大鹏决定，用起降机把选定的 10 名医务人员吊到换乘登陆舰上，何勤国就是其中之一。

几天前，何勤国目睹了用起降机吊运伤病员的全过程——和平方舟收到永暑礁报告，一名渔民在海上突发疾病，高烧不止，需要紧急医治。因为风浪太大，和平方舟找到这条"桂合渔 62028"渔船时，只能采用吊篮吊运的方式，把伤病员吊运到船上来治疗。吊篮像是一片树叶，在海风中晃晃悠悠，让人心跳加速。

现在，他们不需要乘坐吊篮，但是要穿戴防护装具，通过吊运的方式换到另一条船上。落地时，还有可能因为姿势不当等因素受伤，会遇到这样的"危险"状况，是每一名医务人员出海前不曾想到的。

和平方舟医院船的救生员陆志伟把自己第一个吊了过去，在登陆舰上接应医生们。

一个、两个……终于，轮到了何勤国。何勤国很瘦，眼神里却透着股坚定。套上装具，何勤国做了深呼吸。他听见身后有人说："何医生，小心点呢！"他没回头看是谁说的，只对身旁的船员点了点头，双脚便一点点离开了和平方舟的甲板。

被这样吊在半空中，脚下是深不见底的海水，说不害怕是假的。何勤国双手抓着吊绳，听着机械摩擦发出的声响。他的脑海里蹦出一个词：飘摇。那一刻的自己，就是在飘摇。

很快，何勤国的脚下已经是登陆舰的甲板。他能清晰地听到从和平方舟上传来的声音："慢点！慢点！"随着这声音，他的身体缓缓下降。他不知道是谁的手第一个触到了他的身体，几秒钟之后，他就被好几双手合力托住，最终双脚踩在甲板上。

卸下装具,何勤国长长地舒了口气。但他没有继续多想,眼下,他和船上的战友们只想快一点奔赴永暑礁,尽可能多地为守礁的官兵们提供治疗。

事后,何勤国感慨与官兵们分别时的难过,感慨官兵们守礁的不易,感慨自己上礁诊治时间太短,唯独没有感慨那一次换乘的危险。

或许,对每一个和平方舟医院船上的人来说,他人的生命健康永远都是第一位的。而正是他们这样的品质,一点点累积成为和平方舟医院船的精神内核。而何勤国和战友们,又是这精神内核的第一批实践者。

◎ 和平方舟医院船上的护士为就诊患者进行指导(毛宇 摄)

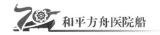

（三）

关于 2009 年的那一次"和平方舟医疗服务万里海疆行"，每个人都有自己的独家记忆和专属记忆关键词——

让时任解放军总医院主任医师魏世辉最难忘的是一位年轻母亲的眼神。

巡诊万里海疆，和平方舟医院船来到素有"黄海第一哨"之称的海洋岛。有医学专家要来的消息早就于一个星期前在村子里传开了。和平方舟医院船上的人们，可以隐约看到等候在码头厚厚的"人墙"。

当魏世辉和其他 38 名战友一起换乘猎潜艇登上小岛时，他被眼前的景象感动了：村民们排着整齐的队伍，拉着长长的横幅。那一双双真诚而急迫的眼神，让他的心隐隐作痛。身在小岛，出行很多时候都要看天，真的遇上着急的病，乡亲们可怎么办呢？大家面对丰盛的饭菜，只随便扒拉了两口，就坐到了早已准备好的诊台前。

一位 30 岁左右的妇女抱着儿子站在长长的队伍里。轮到她时，这位年轻的妈妈轻声说："大夫，你们能来，我觉得儿子就有救了……"说着话，她的眼眶已经红了。

魏世辉看看她怀里的小男孩，两三岁大，圆圆的脸蛋，大大的眼睛，长得十分可爱。可是问题就出在他的眼睛上，小男孩有些斜视。

年轻妈妈尽力克制自己的情绪，描述着这两年为孩子医治眼睛所做的努力。魏世辉了解后得知，这是一位海军军嫂。本来她想带着孩子到北京看病，可是人生地不熟，担心"根本看不上专家号"，就一直拖到了现在。

这样的情况对魏世辉来说,早已司空见惯。只是,当他真实地处在那样一个封闭的小岛,看着四周矮小的房屋和汹涌的海浪,他内心最柔软的地方被触动了。特别是这位军嫂几近绝望的眼神,让魏世辉心里"很不是滋味"。很快,魏世辉在检查之后确定了诊疗方案,并把自己的电话和地址都写在一张纸条上留给了这位军嫂,嘱咐她:"如果有困难,到北京可以直接来找我。"

让海上医院院长林庆贤特别有感触的是一双苍老干枯的手。

这双手是西帮子村刘家屯 93 岁老太太王国荣的。老人家一直患有糖尿病,听说"大城市的专家来了",她很想去看看,也做个检查。可是年纪太大,要走二十多里的山路,对她来说实在很困难。

林庆贤知道后,带着小分队,背起医药箱就往刘家屯赶。太阳快下山时,他们来到了王老太太的家中。老人家见到专家们又惊又喜,握着林庆贤的手,一边说着感谢的话,一边抹眼泪。

那双手,饱经风霜。握着林庆贤的手,仿佛用上了老人家所有的力气。

在北隍城岛,和平方舟医院船的到来,挽救了一条鲜活的生命。

北隍城岛,位于黄海与渤海的交界处。知道医疗专家们要来,岛上的渔民用了最隆重的方式欢迎大家——所有停在码头内的渔船的桅杆上,都挂上了鲜艳的五星红旗。

医护人员刚开始为村民们检查身体,就见村民宋会昌一路小跑,冲了过来。原来,就在前一天晚上,他的妻子突发急性肠梗阻,岛上的医疗条件有限,无法提供有效的治疗,而离岛的唯一交通工具——一

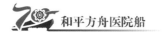
艘小客轮,又因为海况太差,停运了。

就在宋会昌心急如焚的时候,和平方舟医院船来了。大风浪中,小渔船上下颠簸。宋会昌抱着妻子,不断地轻轻拍着她的肩膀,安慰着她。很快,小渔船来到和平方舟医院船"脚下"。和平方舟放下吊篮,把宋会昌和妻子依次吊上了船。

宋会昌在诊室门口焦急等待。不一会儿,妻子被推到病房。经过胃肠减压治疗,妻子的症状在慢慢缓解。直到这时,宋会昌才有时间仔细打量自己身处的这条大船。

"真是没想到啊!我们海军这么厉害!这船太先进了!我是一名老海军(退伍兵)了,看到你们,亲切!看到这大船,自豪!"宋会昌激动地说。

……

每到一处,和平方舟医院船上的医务人员"总感觉时间过得飞快"。每次都是早早登岛,一直忙到日头偏西,还有不少官兵和乡亲们在排队。在海洋岛,面对这样的情况,海上医院临时决定,一部分医务人员留在岛上继续为大家看病。而已经诊断且需要手术的病患,马上返回医院船主平台,连夜进行手术。

那一天晚上,和平方舟医院船手术室内灯火通明。在风浪的摇晃中,医护人员顺利完成了6例手术。这也是和平方舟医院船自服役以来,在海上完成的首批手术。

就是这样,和平方舟航行一路,收获感动一路。踏上和平方舟医院船时,或许谁都没有想到,这样一趟巡诊会给自己带来些什么。但是,在自北向南航行了1万多千米、停泊了18个岛礁港点后,每一个和平方舟医院船上的人——无论是医生护士，还是船员技师，都对祖国的万里海疆有了全新的认识，对自己身上那一身帅气的"浪花白"有了全新的认识，对自己作为一名悬壶济世的医生有了全新的认识。这些感动意味着责任，意味着使命。

而这些，都被和平方舟一点点收纳。

（四）

"桃花潭水深千尺，不及汪伦送我情"，站在码头上的盛浩突然想到了这句上学时学过的唐诗。此刻的他，恨不得一个猛子扎进碧绿的海水，加速游泳，追上那艘已经离岛的猎潜艇。

几个小时前，和平方舟医院船停泊在西沙永兴岛海域。医护人员

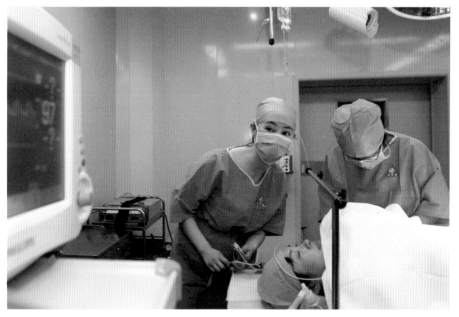

◎ 2013 年 11 月 23 日，和平方舟医院船的医务人员进行手术演练

和部分船员换乘登陆舰,登上了西沙永兴岛。在医务人员为西沙守岛官兵诊疗时,和平方舟医院船信号兵王炜祥握着手机,反复地拨打着一个电话号码,脸上写满焦急。

永兴岛上,椰影婆娑,阳光火辣辣地炙烤着这块土地。王炜祥穿梭在一座座营房之间。电话始终没人接听,王炜祥有些不知所措。

一个月前,当王炜祥知道自己将有机会登上西沙永兴岛时,他开心极了。他的开心并不源于游客心态——他对西沙的美景并不感兴趣,他真正开心的是,在西沙永兴岛上有一位多年没见的老战友。那时,王炜祥还是个刚刚开始学通信专业的"新兵蛋子",在专业班里,他认识了"带了他一程"的副班长盛浩。

王炜祥一直觉得,自己能有机会来到海军首艘医院船,得益于自己过硬的专业技术。而他这一身本事,和班副盛浩的全心帮带有很大关系。于是,当他知道自己有机会来到盛浩服役的永兴岛时,他第一时间拨通了盛浩的电话。

但此刻,期盼已久的见面场景没有出现,盛浩"消失"了。王炜祥反复拨打盛浩的电话,可是电话通着,就是没有人接听。王炜祥心情烦闷,他不知道班副去哪儿了,明明说好了等着他来,怎么自己却不见了。

令王炜祥焦躁不安的还有一个重要原因。和平方舟医院船抵达永兴岛的这天,刚好是永兴岛老兵退伍的日子。而盛浩,就是2009年退伍老兵中的一员。如果当天不能见一面,下一次见面不知又要到何年何月。

永兴岛上一直回荡着送别退伍老兵的歌曲,王炜祥的心情在离别的旋律中更加低沉了。就在这时，当他再次拨打盛浩的电话时，那边传来了接听的声音。

"喂！你去哪里了！我找你半天了！"王炜祥迫不及待地"质问"对方。

"嗯……我不是盛班长，班长去别的连队了，好像有很重要的事情要办。"原来，盛浩的战友看到他的手机不停在响，猜测一定是有急事，战友接了电话，告诉对方盛浩此刻没在。

在电话接通的那一刻，王炜祥失落的心情一下子又冲上了高峰。可现在，心情又像是坐上了过山车，以迅雷不及掩耳之势冲到了低谷。王炜祥带着失望的语气问："那去哪里能找到他？"

对方说自己也不清楚，但是可以试着帮他找一找。王炜祥仿佛看到一丝希望，连声道谢。

时间一分一秒过去了，王炜祥的电话始终没有响。而此时距离王炜祥返回和平方舟医院船的时间也在一点点临近。王炜祥看着码头上拥抱告别的场景，心里有着说不出的难过。他再一次拨通盛浩的电话，等来的依旧是对方"无人接听"。

王炜祥开始在告别的人群中寻找。或许，老班长就在他们当中呢？或许，一转身就看到老班长呢？他仔细辨认着每一张面孔，或伤心，或欢笑，但，都是陌生的，没有一张面孔是属于盛浩的。

终于，汽笛响了。王炜祥再看了一眼身旁的人群，最后一个登上换乘的猎潜艇，眼神里只有失望和无奈。王炜祥趴在猎潜艇后甲板的栏杆上，呆呆地看着他们离去的航迹。

就在这时，王炜祥的手机响了。

◎ 和平方舟医院船在大洋上航行

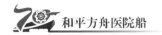

"喂！我是盛浩！"电话那头传来了熟悉的声音。

"你去哪里了！我找了你一个下午，你电话也不接！我现在走了啊……"王炜祥像一个受了委屈的孩子，声音颤抖地问盛浩。说话的同时，他站直身体，向着永兴岛的方向努力眺望。

电话那头，盛浩抱歉地安抚着王炜祥的情绪。

这时，正是夕阳西下的时候，橘红色的光洒向永兴岛。这一抹余晖，成为王炜祥心中离别的颜色。或许很久之后，他和盛浩会再次碰面，会聊起那一次没能见面的遗憾，聊起他们军旅生涯的点点滴滴。现在的苦涩，到那时也会变成回味的甜。

这样的离别，对和平方舟医院船上的每一个人来说，都是必须要接受的。很多时候，离别意味着思念。

413 医院的护士焦培培平日里是个开朗的姑娘，搞节目活跃气氛有她，在和平方舟炊事班帮厨也有她。但是爱说爱笑的她，那一天对着随船记者的镜头却"情绪失控"，哭了起来。

离开家十多天了。这十多天中，手机从通信工具变成了报时工具。左上角的"无服务"标识，显示的其实是他们所处的位置，也是船上每一个人对家人无尽的思念。

焦培培想女儿了。她不知道自己不在家，女儿有没有乖乖吃饭、乖乖睡觉，有没有像自己思念她一样，也在想念着妈妈。

面对镜头，焦培培赶紧把头扭向一边。几分钟后，调整好状态的焦培培，脸上洋溢着甜甜的微笑，对着镜头说："悦悦，妈妈很快就回去了！"

这是和平方舟医院船的第一次长时间的"离别"。每个身在船上的人，其实都悄悄煲了一碗思念的粥，特别是第一次随船出海的人。他们与家人告别，与岛礁上的官兵、乡亲们告别，也与昨天的自己告别。

但在和平方舟上，每一次告别，收获的必定是浓浓的情谊；每一次告别，意味着新的成长；每一次告别，象征着全新旅程的开始；每一次告别，代表着中国海军的大爱又在世界的一个角落生根发芽。

这艘身披红十字的大白船也从"万里海疆行"开始，暂时告别了自己在青岛的"高光时刻"。但，真正属于中国海军和平方舟医院船的世界航程才刚刚开启，属于它的那方世界舞台，也由此开始亮起了一道耀眼的曙光。

>>> 第四章
"和谐使命 – 2010"

西印度洋海面上传来的一声汽笛，点燃了守候在岸边的所有人。手举中国、肯尼亚两国国旗的人们，早已形成厚厚的人墙，眺望着正从海平线驶来的白色大船。

53 岁的阿布迪是肯尼亚蒙巴萨的一名警察。那天，他们全员出动，负责蒙巴萨港口的安保工作。几天前，阿布迪就从当地报纸

◎ 和平方舟医院船航行在印度洋上（江山 摄）

上得知,一条来自中国的医院船将造访这里。此时,一脸严肃的阿布迪内心其实和正在欢呼的人们一样,兴奋而又好奇。

正在和平方舟医院船上站坡的医生陈明霞,觉得那一天"太热了"——一来因为天气,二来因为人。"老远老远就听见了欢呼声,人群里还能看见有人在跳当地舞蹈,太热情了"。

正在执行"和谐使命–2010"任务的中国海军和平方舟医院船抵达肯尼亚,开始进行为期 5 天的友好访问和医疗服务。

这一天,是 2010 年 10 月 13 日。

肯尼亚是中国海军和平方舟医院船此行的第二站。一个多月前,和平方舟医院船从浙江舟山某军港码头解缆起航,执行"和谐使命–2010"医疗服务任务。由海军总医院、411 医院、413 医院抽组的 100 名医务人员,将在接下来的近 3 个月里,赴亚丁湾为中国海军护航官兵巡诊,还将赴吉布提、肯尼亚、坦桑尼亚、塞舌尔、孟加拉国五国,为当地民众提供医疗服务。

和平方舟医院船的很多人都是第一次出国。第一次出国就能够到达遥远的非洲,大家对这一次远航都充满了期待。"非洲是什么样子? 和电视里演的一样吗?"很多人一边翻着《非洲列国志》,一边这样想。而更多的人在想:"我能为他们提供什么样的医疗服务? 我的医疗水平能支撑我完成这次任务吗?"

对于第一次走出国门就要执行重大任务的人来说,无论是期待还是担心,都是无比正常的。其实和这些医务人员一样,这也是和平方舟入列以来第一次驶出国门。是载誉而归,还是继续"修炼"? 很多人的脑海里挂着这样的问号。

◎ 和平方舟医院船举行宣誓仪式（代宗锋 摄）

（一）

卢旺盛和刘鹏没想到，自己提出的治疗方案会被拒绝。而他们的治疗方案是**挽救默罕默德生命的唯一方法**。

默罕默德是吉布提当地的一名卡车司机。三个月前，默罕默德不慎摔伤，伤及的部位正好是头部。受伤后，默罕默德被家人送到吉布提国立医院——贝尔蒂国立医院。可是，医生对默罕默德的伤表示无能为力。因此，三个月来，家人只能看着默罕默德痛苦，却一点办法都没有。

就在这个时候，中国海军和平方舟医院船来到了吉布提。这是和

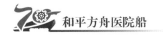

平方舟第一次驶出国门到达的第一站。

吉布提,位于非洲东北部,与厄立特里亚、埃塞俄比亚、索马里接壤,隔着红海与也门相望。吉布提东临曼德海峡,这是红海进入印度洋的水道,战略位置十分重要。但吉布提全境大部分是火山岩物质的高原山地,自然资源比较贫乏,工、农业基础都比较薄弱,是世界上最不发达国家之一。

那个时候,没人能说得清楚和平方舟的到来对这里的人们意味着什么,但当吉布提民众知道有很多来自中国的医生可以为自己看病,他们还是早早在贝尔蒂国立医院外排起了队。

终于,在和平方舟到达吉布提的第四天,默罕默德的家人带着他来到中国军医这里。那时,默罕默德因为头部伤,几乎失去了意识。

卢旺盛是海军总医院神经外科的医生,他在为默罕默德检查之后,提出了做开颅手术的治疗方案。卢旺盛的方案得到了另一位外科医生刘鹏的支持。两人信心满满地向贝尔蒂国立医院提出,借用他们的手术室,为默罕默德做开颅手术。可是因为宗教问题,这个方案被直接拒绝了。

这样的情况,让两位中国军医始料未及。

在吉布提的历史上,从来没有过一例开颅手术。那时,吉布提的医院中甚至都没有一位神经外科医生。

卢旺盛和刘鹏不甘心。因为根据默罕默德头部 CT 判断,开颅手术并不存在特别的风险性,并且这是挽救他性命唯一的、最好的方法。于是,两人拿着默罕默德的 CT 造影,找到了贝尔蒂国立医院的医生们。

吉布提靠近赤道,紫外线异常强烈,即使贝尔蒂国立医院外围有不少树木,可光线依然刺眼。此刻,默罕默德与家人坐在医院外的长椅上,他歪着头,安静地靠在家人肩膀上,虽然几乎失去意识,但他脸上的表情依旧痛苦不堪。而在他一旁的家人,焦急,却又无可奈何。

一墙之隔。贝尔蒂国立医院的诊室内,两位中国军医和几位吉布提医生将两张脑CT对准屋顶的灯光,激烈讨论。门外不时有人探头进来,想知道里面到底发生了什么,因为有一位吉布提女医生的情绪似乎到达了"燃点"。

卢旺盛和刘鹏并没有着急,而是有条不紊地向几位吉布提医生解释着他们在CT上看到的病灶,紧接着将整个手术的过程一点点讲给他们听,告诉他们这台手术并不危险。

3个小时后,这间不到十平方米的诊室终于安静下来。吉布提医生最终接受了卢旺盛和刘鹏的治疗方案,答应将手术室借给他们,为默罕默德做开颅手术。

卢旺盛和刘鹏回到和平方舟医院船主平台,连夜协调了手术中及术后护理的药物。第二天早上9点,两名中国军医再次来到贝尔蒂国立医院。可他们到了之后发现,医院似乎并没有安排这台史无前例的开颅手术,也没有什么人能给他们一个解释。无奈,两名中国军医坐在花坛边上,一边讨论手术实施细节,一边等待手术室主管医生的到来。

20分钟后,一名瘦瘦高高的吉布提医生来了。卢旺盛和刘鹏赶紧迎上去,将前一天的情况再次陈述一番。不一会儿,贝尔蒂国立医院手术室的大门终于向中国军医敞开。他们,将在这里完成吉布提史上第一台开颅手术。

◎ 2010 年 9 月 27 日，正在吉布提执行"和谐使命－2010"医疗服务任务的和平方舟医院船上，官兵正通过舷梯把当地病人抬到船上进行免费治疗，这条舷梯因而被当地人称为"生命通道"（琚振华 摄）

(二)

就在卢旺盛和刘鹏在贝尔蒂国立医院为默罕默德做手术的时候,和平方舟医院船主平台也是一片忙碌的景象。

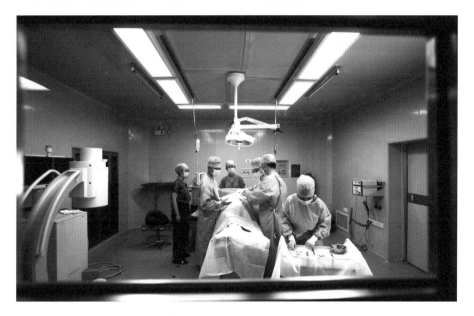

◎ 和平方舟医院船眼科手术室

那天是和平方舟到达吉布提的第五天。眼科医生刘百臣穿梭于诊室和病房之间,他已经不记得自己看过多少眼科病人。最后,他的重要任务是为在船上做过白内障手术的吉布提病患做术后检查。

因为紫外线照射强烈,吉布提是个眼疾高发的国家,可是整个贝尔蒂国立医院却只有两名眼科医生。虽然来之前,刘百臣和战友们已经做好了准备,可到中国医生这里看眼睛的人数,还是超出了他们的预期。

最开始,刘百臣和其他医生一样,被派往贝尔蒂国立医院的眼科

诊室,与吉布提医生一起接诊患者。可就在接诊时才发现,虽然吉布提的官方语言是法语,但因为历史地理因素,当地的民众大部分使用的是阿尔法语和索马里语。本已经做好翻译准备的吴晓菲,冲着刘百臣无奈地笑笑,她的法语只能和这里的医生沟通,他们还需要再找一名懂索马里语和法语或汉语的翻译。

就在这时,吉布提姑娘索菲亚出现了。

被紫色头纱包裹着的索菲亚,会讲法语和索马里语,最让人惊喜的是,她居然能说一口比较流利的中文。站在眼疾病人病床前,索菲亚认真地听着同胞的描述,然后再翻译成中文转述给刘百臣。

“他几年前视力还不错,可是这两年越来越差。”“平时没有什么不舒服,可是视力却在减弱。”……虽然索菲亚的翻译不算精准,但对于刘百臣来说,这样的描述也足以让他对病人对症下药。

站在一旁的吴晓菲,一边听着索菲亚的翻译,一边打量着这名和自己年纪相仿的吉布提姑娘。吴晓菲发现,虽然索菲亚被紫色头巾包裹得严严实实,身上的服装也是吉布提当地服装,但她的脚上,却穿着一双中国绣花鞋。

走出病房,吴晓菲与索菲亚聊了起来。原来,这名面容清秀的吉布提姑娘是上海体育大学的一名留学生。她不仅懂汉语,交了许多中国朋友,对于中国的传统文化,她也非常喜爱。脚上的绣花鞋,是她回吉布提前买来的,舒服,漂亮,“朋友们看着都很是羡慕”。

其实,就在中国海军和平方舟医院船首访吉布提的同时,在中国上海,世博会上吉布提传统民居“达布瓦塔”,也在接待着大批中国游客。同一时间,在地球上相距遥远的两个坐标点,因为这样两场交流,让他们对彼此有了印象,有了认识,有了好感,有了信任。正如数学中描述的,两点之间线段最短。中国与吉布提用最美好的方式,勾勒出一条友谊的"线段"。

一天的诊疗下来,索菲亚不仅成了中国军医的翻译,也和中国海军医护人员成了朋友。而刘百臣在向和平方舟医院船主平台汇报后,和吉布提医生共同决定:在和平方舟医院船上的手术室,为几位吉布提白内障患者完成手术。

(三)

默罕默德的家人靠在贝尔蒂国立医院走廊的墙壁上,有时看看彼此,不说一句话。他们迫切地想知道手术室内的情况,可是紧闭的大门,除了让他们等待再也做不了任何事情。

手术从上午 10 点半开始。卢旺盛和刘鹏自己做着手术前的准备,默罕默德在他们进手术室之前,已经被推上了手术台。无影灯照射着这间简陋的手术室,两名中国军医戴好口罩,戴好橡皮手套,走向手术台。

因为预先了解了手术室的状况,所以那天卢旺盛和刘鹏都是有备而来。那样的一台手术,在中国的医院中早已普及,但在吉布提却是史无前例。因此,卢旺盛和刘鹏知道,这台手术虽然风险系数不大,但却事关重大。也正因为这样,这间小手术室里来了很多吉布提医生。他们可能并非是外科医生,但他们都想看看,中国军医是如何做开颅手术的。

一个半小时过去了。中午 12 点,贝尔蒂国立医院手术室的大门打开。默罕默德的家人一下子围了过来,看看被推出的默罕默德,再看看两位中国军医。他们急切地想知道情况。卢旺盛和刘鹏摘下口罩,不约而同地用手背推了推鼻梁上的眼镜,笑着对默罕默德的家人点了点头。吉布提的医生们对两名中国军医彻底信服,笑着与他们握手。

此时,距离和平方舟离开吉布提还有不到两天时间。为了彻底解决默罕默德的问题,两位中国军医垫付了他手术之后所有的护理费用,并将需要的药品一并留在贝尔蒂国立医院。

中国医生提供免费医疗服务的消息,通过吉布提当地媒体的传播,引发了排队看病的"热潮"。在吉布提,很大一部分人的生活要靠政府救济,因此,这样的免费医疗服务,对他们来说相当重要。

吉布提码头上,和平方舟医院船停靠的地方,同样成了吉布提民众参观的"网红打卡"地点。很多人惊讶于和平方舟的庞大,也有一些上去参观过的人在给周围的人绘声绘色地描述着船内的设施如何先进。

对于卢旺盛、刘鹏、刘百臣等中国军医来说,吉布提民众的关注令他们颇感骄傲。但,他们要做的更重要的事情是为这些吉布提患者带来健康。这是他们的本职,是和平方舟医院船的使命。

在和平方舟医院船主平台,刘百臣为做过白内障摘除手术的吉布提老人揭下蒙在他眼睛上的纱布。

所有人等待着老人睁开眼睛。

"能看得到我吗?"刘百臣笑着问道。

吉布提老人缓缓睁开眼睛,慢慢转动眼珠。接着,他举起右手放在眼前,对着所有人,边比划边说:"One,Two,Three!"

周围响起了热烈的掌声,老人紧紧抓住刘百臣的手,并亲吻他的手背表示最真诚的感谢。虽然刘百臣听不懂老人说的语言,但是他看懂了老人的眼神。这眼神,曾经因为白内障而暗淡无光。如今,因为中国军医的救治,老人的眼睛又可以"说话"了!

住在同一病房里的其他眼疾患者,也在中国军医的帮助下重见光明。再次看到这个世界的时候,他们首先看到了中国海军和平方舟医院船,看到了和蔼的中国医生。虽然和平方舟即将离开吉布提,但这艘船、这些人,已经牢牢印刻在吉布提民众的脑海中。就像吉布提国家电视台称赞的那样,中国医务人员是他们"最值得信任的人"。

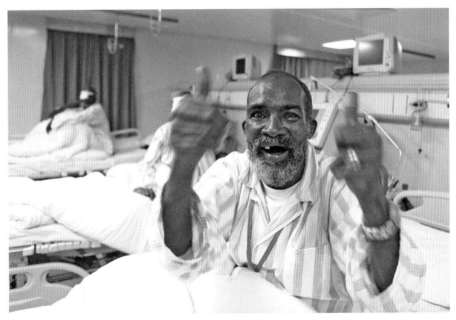

◎ 2010 年 9 月 28 日,吉布提白内障患者在和平方舟恢复光明后向镜头竖起了大拇指(琚振华 摄)

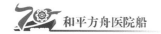

（四）

2010 年 10 月 1 日，上海迎来国庆小长假的客流高峰。外滩、城隍庙、田子坊、东方明珠电视塔……到处都是人山人海的热闹景象。

印度洋上，正在高速航行的和平方舟的船舱内，也十分热闹。刚刚完成吉布提的医疗服务任务，和平方舟医院船上的官兵与万里之外的上海亲人进行了视频通话。

"培培，你好像黑了一点呢！是不是很辛苦？"视频通话的屏幕上，一名军人关切地问。他所说的"培培"不是别人，正是在"万里海疆巡诊"活动中，对着镜头流下眼泪的海军 411 医院护士焦培培。视频中说话的人，是焦培培的丈夫。

"你放心吧，老公！我在这儿挺好的！"焦培培笑着对丈夫说。

因为"和谐使命 - 2010"任务，焦培培又一次踏上和平方舟医院船，又一次和战友们征战大洋。只是这一次，距离更远、时间更长、任务更重、思念更浓。但，与前一次相比，焦培培也更坚强。

焦培培的丈夫也是一名海军军人。就在焦培培参加"万里海疆巡诊"活动时，她的丈夫正在亚丁湾、索马里海域执行护航任务。现在，丈夫已经返航，焦培培随和平方舟医院船来到丈夫和他的战友们战斗过的海域，焦培培心中感慨不已。

就在半个月前，和平方舟医院船抵达亚丁湾海域，并与海军第六批护航编队会合，为护航官兵提供医疗服务。

那一天，焦培培忙得一塌糊涂。4 个小时内，有 204 名护航官兵从微山湖舰来到和平方舟医院船上，进行体检、诊疗、心理疏导。

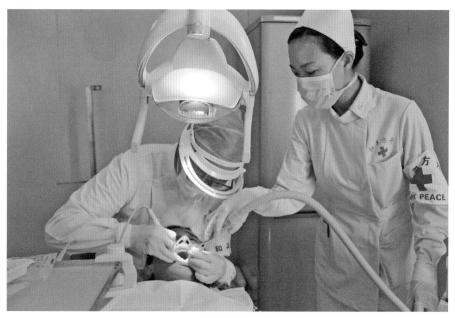

◎ 和平方舟医院船医护人员在主平台门诊区为护航官兵治疗牙疾(韩英男 摄)

那一天,和平方舟医院船还派出 15 人的医疗小分队,带着护航官兵需要的药品器材,登上微山湖舰,为正在战备值班的战友们提供医疗服务。

那一天,还有 9 名护航官兵留在了和平方舟医院船上继续进行治疗,或者进行短期的休整。

那一天,是和平方舟医院船"职业生涯"中的又一个"第一次"——它开创了海军远海医疗服务的新模式,实现了海上医疗保障的新突破。

焦培培在为这些护航官兵服务时,忍不住想到了自己的丈夫。他也和他们一样,经历风吹日晒,在危险的亚丁湾、索马里海域为过往的中外船只护航。如果他们生病了怎么办? 船上的医生能解决所有的问题吗? 他们的药品带得够吗? ……那天晚上,一个个问号在焦培培

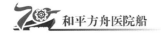

的脑海中盘旋。

可她又转念一想,现在不是有我们的和平方舟医院船了吗？一个感叹式的问号,将焦培培之前的问号都拉直了。

现在,看着视频里丈夫对自己的关心,焦培培心中既有"相见"的甜,也有相思的苦。但是,与之前不同的是,这番甜与苦,是她与丈夫同为海军军人的别样的心电感应。

对焦培培来说,能够以"战士"的身份走一遭丈夫走过的"战场",她的心中骄傲而满足。和平方舟医院船上频繁的医疗救治演练和为官兵们提供的真实的医疗服务,都让她感受到了来自职业的成就感。现在,这份成就感与丈夫所奉献的事业有了交集,这让焦培培更加坚定,更加坚强。

这名年轻护士、年轻妻子、年轻妈妈的喜怒哀愁,都沉淀在了这艘大白船上。而这艘大白船也在蓝色大洋上,将这些情绪一一收集,带给焦培培新的成长。

（五）

如果说,在吉布提时,很多人对和平方舟医院船还保持着观望态度,那么,在肯尼亚,这样的状况已经完全转变。

在和平方舟医院船到达肯尼亚之前,肯尼亚的媒体已经对和平方舟医院船在吉布提的医疗服务做了大量报道。因此,和平方舟到达的前一夜,就有很多人在码头彻夜排队等候。

期盼着和平方舟医院船到来的,不仅有肯尼亚当地民众,还有肯尼亚的医生们。

◎ 和平方舟医院船到访肯尼亚（张全明 摄）

和平方舟医院船中医科的诊室里，几名肯尼亚医生正认真地听向东东给他们讲解中医的人体穴位。另一边，陈明霞正将一个火罐摁到一位肯尼亚医生的肩颈处。这几位肯尼亚医生对中医很感兴趣，不停地提问，好像是几个充满好奇心的小学生。

这一次，是中国海军舰艇首次访问肯尼亚。距离上一次中国船只来到这里，已经过去了近600年——公元1415年，郑和下西洋船队曾抵达东非印度洋沿岸肯尼亚的马林迪、蒙巴萨等地。

600年，在漫漫历史长河中并不凸显。然而，当把这两艘跨越了6个多世纪的中国船放在一起时，我们会发现：无论是600年前的郑和船队，还是600年后的中国海军和平方舟医院船，都是怀揣着一颗颗友好而温暖的心来到这里的。

阿布迪终于在和平方舟离开肯尼亚的前一天抽身出来，他想见识

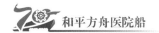

一下中医,还想让中国医生给他瞧瞧多年的椎间盘突出。

接待他的,是陈明霞。

不一会儿,阿布迪的背上出现一个个圆圆的火罐印。他轻轻摸着肩胛骨处那个微微隆起的印记,不住地点头:"太神奇了! 真是太舒服了!"

多年过去,陈明霞对一个场景至今难忘——

当和平方舟医院船离开蒙巴萨时,码头上有几辆摩托车像是在追逐着和平方舟。在每一辆摩托车上,都插着一面五星红旗。红旗迎风招展,让人心底泛起骄傲与自豪。送行的人和迎接的人一样多,陈明霞看到,在长长的送行队伍中,阿布迪一边维持秩序,一边转身向她挥手。

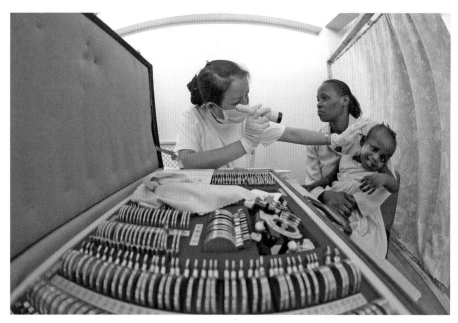

◎ 2010 年 10 月,和平方舟医院船在肯尼亚开展医疗服务,眼科医生为当地儿童诊疗(琚振华 摄)

(六)

非洲大陆上的阳光仿佛格外炙热。那一天,阳光刺眼。站台上的人们屏住呼吸,等待着那一声汽笛长鸣。

"喔——"火车车轮的传动轴发出声响,一列火车缓缓驶出。

站台上的人们沸腾了。那是一张张鲜活的中国面孔,他们的脸上挂着眼泪,挂着笑。

这一天,是1975年10月23日,由中国援建的坦赞铁路全面建成并试运营。次年7月,坦赞铁路正式移交给坦桑尼亚和赞比亚两国政府。

合上书页,外科医生刘刚揉揉眼睛,站起身来,走到和平方舟医院船的甲板上。很快,他们将要到达坦桑尼亚,为那里的人们提供免费医疗服务。这将是"和谐使命－2010"任务到达的第三站。

眺望海平线,刘刚陷入了沉思。

40多年前,有一大批和他年纪相仿的中国工程师、建筑工人,为修建坦赞铁路从广州黄埔港乘坐耀华号远洋客轮起航,不远万里来到非洲。在这块被阳光炙烤着的大地上,疾病肆虐,野兽横行,物质条件又极度匮乏。就是在这样的条件下,5万余中国人历时8年,成功修建了坦赞铁路。

白云苍狗,一条来自中国的船到达坦桑尼亚。变的是船只,不变的是帮助非洲同胞的初心。

刘刚是一名普通的外科医生。借着这一次任务,他很想到坦桑尼

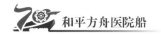

亚的一个地方去看看。但想到在吉布提和肯尼亚接诊病人的数量,刘刚又觉得"自己虽然到了这里,却哪儿都去不了"。

果然,情况与刘刚预想的一样。和平方舟医院船除了开放主平台接诊以外,还派出一支医疗小分队到坦桑尼亚陆军医院开设门诊。无论是在船上,还是在位于达累斯萨拉姆郊区的陆军医院,来看病的人早就排起了长队。

和平方舟医院船海上医院副院长王雪松步履匆匆。非洲的阳光把他的脸晒得发红,汗珠子也一个劲儿地往外冒。眼镜因为汗水不停往下滑,这时能看到被镜框遮挡的皮肤上,有两条发白的痕迹。

"来不及了!我们的压力太大了,明天还预约了800人呢!"王雪松面对随船记者的采访,只说了这么一句话便匆匆离开,他确实太忙了。

在陆军医院,一个非洲小伙引起了王雪松的注意。他不断张望,却又一脸不知所措。别人来看病最多只背一个小包,可是他却背了一个好大的背囊。王雪松迎上去,想知道他是不是遇到了什么困难。

这名非洲小伙名叫爱德宛,他的确是来找中国医生检查身体的。不过,他不是坦桑尼亚人,而是肯尼亚人。

这样的情况把王雪松弄蒙了,和平方舟不是刚刚从肯尼亚离开吗?

原来,爱德宛在得知和平方舟医院船为肯尼亚提供医疗服务时,距离和平方舟即将离开的时间已经很近很近了。他驱车赶往内罗毕,和平方舟已经起航离开。于是,他一路"追"着和平方舟来到了坦桑尼亚,终于在医院船到达的第二天,他赶了过来。

王雪松没想到和平方舟居然有如此大的魅力。他马上写好接诊单,细心交代爱德宛找哪位医生、如何就诊。爱德宛拿着那张薄薄的

A4 纸,再三道谢,搭着朋友的车赶往和平方舟医院船主平台。

看着爱德宛一步三回头的背影,王雪松开心地笑了。他一笑,眼镜又滑了下来,那两道白色的痕迹越发明显。

刘刚和战友们整整忙了 5 天,直到离开时,他都没时间去看一看他想去的那个地方——中国专家公墓。

在那里,长眠着 47 名中国铁路修建专家。在公墓的石碑上,记刻着这样一首诗:"异国青山埋忠骨,往昔峥嵘今犹酣。巍巍德业馨赤土,未竟成真报九州。"刘刚一直把这首诗记在心底。他常想,如果时光倒流,他是不是可以用自己的医术挽留住这些中国铁路专家的生命?如果这些专家还在世,能够看到和平方舟医院船到访坦桑尼亚的新闻,他们一定会感到非常欣慰,然后笑着对后辈们说:"许多年前,我在这里奋斗过。"

从这一天起,留在坦桑尼亚人民记忆中的,不仅有那条历经沧桑的铁路,还有这条带来健康与希望的超级大白船。

（七）

就在坦赞铁路建成并交付的那一年,印度洋上还发生了一件大事——塞舌尔宣告独立。

多年后的一天,中国海军和平方舟医院船到访塞舌尔。大白船在前三站的种种事迹,随着印度洋的海风吹遍了塞舌尔。医院船还未靠岸,就看到了欢迎的队伍。

在欢迎的队伍中,一位女士的神情显得很急切。和平方舟医院船

的舷梯刚一架好,这位女士就带着一小队人登上和平方舟医院船。

这位女士是时任塞舌尔卫生部部长埃尔纳·阿萨内修斯。改善塞舌尔的医疗卫生条件,一直都是埃尔纳·阿萨内修斯女士的愿望。和平方舟医院船相当于陆地上一座三级甲等医院,而船上医务人员良好的医疗服务水平,早已传遍了塞舌尔。因此,埃尔纳·阿萨内修斯急切地想一睹和平方舟医院船的真容。

埃尔纳·阿萨内修斯带着塞舌尔的卫生官员们,几乎逛遍了和平方舟医院船的每一个角落。药品如何储存?设备怎么保养?平时如何训练?……在参观的两个小时里,他们就像是行走的"十万个为什么",不断向中国医生们提问。在他们参观的所有科室里,最让他们感兴趣的,还是中医。

陈明霞依旧把一盒竹制的火罐摆在最显眼的地方。一位塞舌尔卫生官员好奇地拿起一个小竹筒,用手晃了晃,然后支到耳旁认真地听了起来。就好像我们在捡到海螺时,想从其中听见大海的声音一样,这位官员似乎想从这个小竹筒里听到中医的奥秘。

陈明霞笑了,顺手拿起另外一只竹筒,详细给她讲解中医的火罐到底是一种什么样的存在。听了陈明霞的介绍,这位官员若有所思。陈明霞好像看出了什么,问:"你愿意试试吗?"这位官员几乎想都没想就同意了陈明霞的提议。

诊室另一边的向东东,被几名塞舌尔医疗官员"包围"了。他们对墙上贴着的人体穴位图很感兴趣,对着图上的标记,几位官员也在自己的身体上寻找着"神奇的穴位"。向东东则像一位老师一样,耐心地给他们讲解。

塞舌尔有 115 个大大小小的岛屿,其中的普拉兰岛是其境内第二大岛屿,很多人形容普拉兰岛的旖旎风光,都会将它比作是西印度洋上的一颗宝石。但普拉兰岛的医疗条件却远远逊色于它的自然风光,岛上唯一一所医院也是到 1997 年 6 月才建成的。当时,医院里也只有 4 名医生,17 名护士,30 多张病床。

到访塞舌尔后,和平方舟医院船派出 15 人医疗分队,搭乘塞舌尔政府派出的军用飞机前往普拉兰岛。这架军用飞机是当时塞舌尔国内唯一一架军用飞机,这也是在"和谐使命－2010"任务中,中国医务人员外出巡诊距离最远的一次。

5 个多小时里,中国军医们一共接诊了 100 多人,其中不少人是在得知和平方舟医院船的医生会登岛诊疗的消息后,头一天就从其他岛屿赶来普拉兰岛的。

在和平方舟医院船到达塞舌尔的第四天,"王文珍医疗小组"来到塞舌尔当地的小学。一进校门,中国军医们就被塞舌尔小学生的热情感染了。他们为中国军医们带上凤尾兰花环,老师们背着吉他弹唱起塞舌尔的传统民谣。塞舌尔的小姑娘们从小就学习芭蕾,即使没有《天鹅湖》舞曲,她们依然可以踮起脚尖跳上一段。中国军医们也被她们拉着,跳起欢乐的舞蹈。一场慰问活动已经变成一次欢乐的聚会。

在中国军医到来之前,塞舌尔小学的老师们特意学了一句中文——"你好",并把这简单却友好的词汇教给了全校的孩子们。有趣的是,学校里的一个印度籍小女孩的名字也叫"你好"。"你好"是她名字的读音,这个词在印度语中是漂亮的意思。这样的巧合让小女孩感到开心。那一天,她的名字被全校师生和来自中国的军医们叫了许多次。

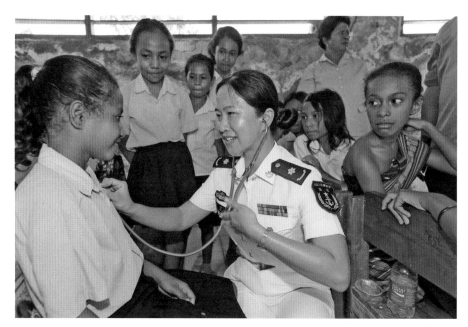

◎ 医疗队员为孩子们做健康检查(代宗锋 摄)

　　几个小孩儿有点害羞地扯了扯两位中国军医的衣角,然后指了指他们头上白色的军帽。原来,几个小家伙特别喜欢中国海军这身漂亮的"浪花白",他们想戴一戴那顶帅气的军帽。两名中国军医把帽子戴到了塞舌尔小学生的头上,请老师拍下照片,给他们做一个纪念。

　　或许,等这些塞舌尔的孩子们长大,再看到这些洋溢着欢笑与快乐的照片,也会记起那天上午与中国军医们度过的欢乐时光。那时光虽然短暂,却将一颗颗爱的种子播撒进这些孩子的心底。

(八)

　　"和谐使命－2010"任务的最后一站,是此次任务中唯一一个亚洲国家——孟加拉国。

与前四站的状况一样,不管是和平方舟医院船主平台,还是孟加拉当地的海军医院,都早早排起了长队。孟加拉国海军医院的走廊被预约找中国军医看病的人堵得水泄不通。孟加拉国海军医院为了方便中国军医接诊,他们在每一个科室的门上都用中文标注了科室名。不仅如此,孟加拉国的医生们还临时客串起了翻译加助理,让中国军医能够更便捷地提供医疗服务。孟加拉国当地的一些商家店铺在得知和平方舟医院船需要补给时,不但延长了营业时间,还把商品送到吉大港的码头……

6 天后,和平方舟医院船结束对孟加拉国的访问,启程回国。

返航途中,和平方舟医院船上终于出现了难得的轻松气氛。在水兵餐厅里,每一个餐桌边站满了医务人员,有的人在和面,有的人在擀皮,有的人在包水饺。今天的和平方舟医院船,像是在庆祝一样,而这一顿最具中国特色的饺子则成为最好的表达方式。

终于,在 2010 年 11 月 26 日,和平方舟医院船驶抵舟山某军港,428 名官兵圆满完成了医院船入列以来的首次出访任务。

在 88 天里,和平方舟总共航行了 17800 海里,为亚非五国民众开展体检惠及 2127 人,门诊诊治 15281 人,医疗巡诊 2164 人,辅助检查15537 人,成功实施手术 97 例,赠送各类药品 36 类 790 种。

"和谐使命－2010"任务还开创了海军的四项首次——首次组织医院船赴海外执行人道主义医疗服务任务,首次为护航官兵提供医疗巡诊,舰艇首次正式访问吉布提、肯尼亚、塞舌尔三国,首次组织远海卫勤演练。

无论走到哪里,和平方舟医院船都会成为当地民众和媒体追逐的

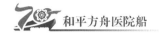

"明星"。上"热搜"、上头条,对于第一次走出国门的和平方舟医院船来说,似乎已成为家常便饭。

码头上的人们高举着横幅和鲜花,欢迎和平方舟医院船回家。身在医院船上的人们也早已迫不及待,毕竟,很多人是第一次离家这么远、这么久。欢乐团聚的气氛包裹着这艘大白船,弥漫着整个码头。人们眼中有泪,有笑。

很多到访国的民众会问中国军医:"你们明年还会再来吗?"和平方舟医院船不仅仅是那一刻的"明星",还成为外国民众的期待。而回到家的和平方舟医院船的医务人员,也会开着玩笑说:"太好了! 我们明年继续!"

当他们说出这一句"明年继续"时,或许还没有意识到——和平方舟医院船的脚步刚刚迈开,此后,便再也不会停下。

◎ 和平方舟医院船儿科医生雷蕾正在仔细询问患者病情(吴丹 摄)

好一朵美丽的茉莉花，

好一朵美丽的茉莉花，

芬芳美丽满枝丫，

又香又白人人夸。

让我来将你摘下，

送给别人家，

茉莉花呀茉莉花。

——中国民歌《茉莉花》

和平方舟医院船在2009年多国海军活动上的惊艳亮相，在"和谐使命-2010"任务中的精彩表现，都让这条身披红十字的大白船成为中国海军的焦点，也成为世界的焦点。

在一次次任务中，和平方舟医院船不仅让自己不断成为焦点，它还让很多和平方舟人成为"网红"。首访亚非五国时，首批独立值更的女水兵；穿梭在到访国小学、孤儿院中的王文珍护士长；在到访国推广中医、给外国友人拔火罐的陈明霞;第一次出海流泪、第二次出海变坚强的护士焦培培;一天做上百个心电图、休假时想去看看蚂蚁森林的卫生员张新成……这一张张女性面孔,就像是一道道亮眼的光,环绕着和平方舟,也照耀着蔚蓝大洋。

无论是医生、护士,还是医院船上的船员,女性对于和平方舟医院船来说,是一支重要的"战斗"力量。而她们对于世界来说,则像是一朵朵散发着幽香的茉莉花,为到访国的民众带去健康与爱的馨香。

(一)

夕阳西下。

吴冬燕抬手看看时间,很快就要灯火管制部署了。她顺着脚下的

◎ 和平方舟医院船女医护人员(查春明 摄)

"16"标识慢慢踱步行走,放空着自己的思绪。

吴冬燕是航母辽宁舰上的首位女士官长,当仁不让的"网红"。

每一次航母完成一项训练或一项任务后,吴冬燕总是喜欢在航母宽阔的甲板上走一走。每每这时,她也总会想到多年前,为了上航母辽宁舰,她和姐妹们付出的努力。

为了适应长期的航海生活,吴冬燕和战友们来到和平方舟医院船,随船执行"和谐使命－2010"医疗服务任务。在88天的任务里,吴冬燕印象最深的就是"吐了吃,吃了吐"。长时间航行,随船的医生们在晕,同行的战友们在晕,以至于吴冬燕听见"晕"字就要吐。

吴冬燕耳朵上的白胶布粘了撕,撕了又粘。吐完了,就摇摇晃晃地"飘"进餐厅逼着自己再吃东西。终于,出航的第7天,吴冬燕不吐了。

人往往会在某一时刻,回忆起从前的一些经历。很多时候,我们会感谢那时坚持的自己。对吴冬燕来说,她要感谢自己,也要感激那一段在和平方舟医院船上度过的岁月,因为那艘大白船是她和战友们走向航母的通道。

与吴冬燕一起的23名女水兵,都是中国海军首批女水兵。和平方舟医院船归来,她们中有不少人都走上了航母辽宁舰。身为航母女兵的骄傲,让她们对工作更加有干劲儿。但留在每个女兵记忆深处的,也一定有那艘温暖的和平方舟。

阿拉伯海上,船只如流。

这一天海况不好,和平方舟医院船的通道里,每隔一段距离就挂着一小捆塑料袋。虽然已经出海有一段日子了,可遇上这样的大风

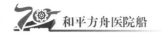

浪,还是有不少人着了晕船的道。

在和平方舟医院船的驾驶室里,船长于大鹏的眼睛死死地盯着前方。此刻,和平方舟的甲板已经被直扑而来的巨浪,洗刷了一遍又一遍。船在剧烈地晃动着,大风浪好像要把海上的船只都吞没。

"左舵5。"于大鹏下达指令。在于大鹏的身后,操舵兵按照指令牢牢掌握着船舵。再仔细看去,这位稳如泰山的操舵兵竟是一名女兵!她是徐玲,中国海军首位女操舵兵,也是和平方舟医院船上通过独立值更考核的 24 名女水兵之一。

徐玲人生的第一个"高光时刻",出现在 2009 年。

2009 年 10 月 1 日,天安门广场成为全世界瞩目的焦点——国庆 60 周年阅兵式在这里举行。那一年的阅兵方阵中,三军女兵方阵首次出现在国庆阅兵式上。15 排,378 人,个个英姿飒爽。徐玲就是其中之一。

直到现在,徐玲依旧记得自己当时的站位——第二排,右边起第 15 位。那一天,徐玲和战友们以最完美的姿态和最磅礴的气势,正步走过天安门城楼。96 米,128 步,这是徐玲永远印刻在脑海中的数字。

也是在 2009 年,海军在各大院校和海军部队招女水兵。经过层层选拔,徐玲成为中国海军首批女水兵中的一员。5 个月里,徐玲和战友们一起,在北海舰队某训练基地完成了船艺、损管、防核生化、战场救护等共同科目的学习。

徐玲曾是南京体育学院的一名学生,还是江苏省自行车队的队员。在领队李梅芳的眼里,徐玲是"能够吃苦耐劳的女孩子"。但这位老师没想到,自己的学生有一天能够成为令人羡慕的女水兵。

对徐玲而言，第一次登上和平方舟医院船的情景，至今仍历历在目——2010 年 8 月 8 日，她作为一名实习生登上了这条万吨级医院船。和平方舟巨大的船体，让这个小姑娘的嘴变成了"O"形。走进它，里面的设施更是给了她深深的震撼。参观一圈下来，带队的领导问徐玲，想选择什么专业。徐玲想了两秒，说："操舵！"

她的回答斩钉截铁。和平方舟医院船操舵班长、四级军士长陈继发是徐玲的"师父"，辨别方位和航线、执行船长指令等等，他一点点教，一点点带。几天下来，原本对徐玲持保留意见的陈继发，对她刮目相看。徐玲的行动就像她的回答一样干净利落。

和平方舟医院船首访亚非五国，徐玲在起航第二天，就开始独立值更，成为上船实习的 24 名女兵中最早独立值更的人。就在出访归来后的第二年，在另一条"大船"上出现了徐玲的身影。

驾驶室中，徐玲手中的舵轮随着她的操控精准控制着船的航向。此时，驾驶室外夜色茫茫，"灯火管制部署"的指令刚刚下达，徐玲的神经再次绷紧。徐玲不允许自己的操作出现一点点失误，哪怕是一点点偏差都不可以。因为她操控的，是我国首艘航空母舰——辽宁舰。

和徐玲一起通过独立值更考核、一起走上中国首艘航母辽宁舰的，还有河北姑娘张蕊。

2012 年，辽宁舰入列的新闻传遍了中国的每个角落。身在河北农村的张蕊父母，在电视新闻里看到了自己的女儿，热泪纵横。他们知道，女儿能有今天，需要付出多么大的努力啊。

当同龄人还在父母怀里撒娇时，七岁的张蕊已经在家里烧火做饭、割草喂猪，没事的时候，还会帮着父母一起炸油条。也许是从小在

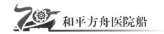

家中的历练,让张蕊多了一分成熟,多了一分韧劲儿。

大学时学习动画的张蕊,是不少人眼中的"潜力股"——拿奖学金拿到手软,做的动画《门神》获得全国大奖,甚至有人愿意出资帮她成立动漫公司。在同学们眼中,这个来自农村的姑娘靠着自己的努力和天赋,就要成为一名真正的"白富美"了。

可就在即将毕业的时候,张蕊剪去了长发,穿上了军装,拿着画笔走进了海军方阵。但军营里远没有她想象得那么轻松,两天的基础体能训练,就让张蕊和战友们"累到怀疑人生";固定滚轮训练,更是被姑娘们视为"魔圈",一次26圈下来,大汗淋漓是轻,呕吐不止也是家常便饭……

层层"历劫"之后,张蕊终于拿到了和平方舟医院船的"船票"。第一次踏上和平方舟医院船的她,兴奋地"绕着后甲板跑了好几圈"。可很快,选择了雷达专业的张蕊就兴奋不起来了——雷达屏幕上,繁杂的数据看得张蕊眼花缭乱。带她的雷达班长沈许荣的一句"雷达是舰艇的眼睛,决不允许出现任何差错",让她紧张不已。

那段时间,张蕊就像一块膏药一样黏着沈许荣,除了睡觉,其他时间都跟着他学习。"问得最多,学得最快,记得最深!"半个月后,沈许荣给了张蕊这样的评价。不久后,和平方舟起航赴亚非五国进行医疗服务,张蕊作为雷达兵的一员,第一次跟着祖国战舰走出国门。

远航,要对抗的不仅是晕船,还有闲暇时的思念和寂寞。于是,张蕊又挑起了船上文艺骨干的大梁,做广播、排节目,把海上的生活搞得有声有色。正如她所说:"歌声、笑声同样可以鼓舞士气,产生战斗力!"不过,在这个乐观的姑娘的外衣口袋里,还是备着几只用来呕吐的塑料袋。

和平方舟医院船信号班长邵兴伟也收了个女"徒弟"。这名"徒弟"叫袁媛。

2010年初，袁媛报名成为海军首批女水兵中的一员。选择专业时，袁媛几乎想都没想，就挑了信号专业。邵兴伟见小姑娘信心十足、活泼伶俐，爽快地收下了这个"徒弟"。不过，没过两天邵兴伟就发现，袁媛是个急性子。信号专业要学习的内容多，手旗、形体、视觉、灯光、音响、旗号等等全都是信号专业的必修课。一看这么多内容，袁媛急了，她想多管齐下，却发现收效甚微。

邵兴伟看着"徒弟"也着急，就和信号班的其他人商量办法。最后，邵兴伟和战友们拿出一份专门针对袁媛的学习计划，循序渐进地调整她的学习节奏。半个多月后，袁媛已经可以和班长们"华山论道"了。

在信号班班长的眼中，袁媛是个"很能坚持"的人。来到和平方舟医院船之前，袁媛曾作为北海舰队某单位唯一一名女队员参加海军陆战队集训。在8个月的集训里，袁媛第一次体会到了什么叫"魔鬼式训练"。皮肤被晒黑、晒伤，她也根本不在意，带去的面膜最后一贴没用地又带了回来。回到单位，战友们看着黑不溜秋的袁媛，又觉得好笑又觉得心疼。但袁媛却说："苦是苦了点儿，可是这份苦不是谁都有机会吃的！"在30公里全装越野跑里，袁媛是全海军12名受训女队员中唯一一个坚持下来的。因此，她现在这样说，完全有资本！

和平方舟医院船首赴亚非五国的途中，在亚丁湾海域首次与护航编队开展协同医疗救护演练。袁媛作为信号兵，在演练时发出了34

◎ 女兵旗语通信训练(代宗锋 摄)

条信号,没有出现任何差错。演练结束,任务指挥员点名表扬袁媛,袁媛开心地蹦了起来。站在一旁的邵兴伟及其他信号兵笑着说:"原来还是个小丫头!"

(二)

"小燕子,穿花衣,年年春天来这里……"《小燕子》的歌声从一间教室里飘了出来,悠扬婉转。

走进教室,唱歌的人正用手打着拍子。她穿着一身漂亮的"浪花白",唱一句停一下。坐在她身边的人,抱着吉他,面前放着一支笔和一个本子。每当歌声停下来,抱着吉他的人就会用吉他重复一次刚刚的旋律,然后迅速在本子上记下曲谱。

这一幕，并非发生在中国，而是发生在万里之外的非洲。这间教室属于吉布提阿里巴小学，唱歌的人是中国海军军医王文珍，弹奏吉他的是阿里巴小学的一名老师。

那天，是和平方舟医院船到访吉布提的第四天，"王文珍医疗小组"来到吉布提当地的这所学校。一进校园，医疗小组的人就看到孩子们灿烂的笑脸，听到他们用中文喊着："中国！中国！"

王文珍和战友们给吉布提的孩子带来各种各样的学习用品，还给他们带来一堂健康知识课，如何正确洗手、怎样仔细刷牙等等，这些专门针对小朋友的健康常识都在王文珍绘声绘色的讲述中，被孩子们记了下来。

在为学校200多个孩子进行体检之后，学校的老师和孩子们一起唱起了吉布提歌谣。一曲完毕，王文珍带着战友们唱起了中国儿歌《小燕子》。非洲的孩子们听得极其认真，他们虽然不懂中文，可这悠扬的旋律让刚刚热闹的校园一下子安静了下来。

临走时，阿里巴小学的老师拉着王文珍，让她把这首中国儿歌教给他，于是，就有了前面的那一幕。

在88天的任务里，王文珍——这位南丁格尔奖章的获得者，和战友们一起为到访国的民众特别是孩子们，送去了健康与爱。

在肯尼亚萨拉姆孤儿院，王文珍给孩子们体检之后，还为孩子们举办了一个集体生日会。当粉红色的奶油蛋糕摆上桌子，蜡烛的火苗在点点晃动时，孤儿院院长萨拉玛女士激动地说："你们不仅为孩子们送来了健康，还带来了欢乐。"

望着孩子们的笑脸，王文珍也陶醉了。然而此刻，她的胃正在翻

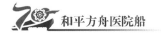

江倒海。为了买到这块蛋糕,她忍着水土不服造成的肠胃不适,在赤道的烈日下跑遍了附近的蛋糕店,晒得满脸通红、汗流浃背。在她的肚子上,切除腹膜肿瘤后留下的 20 厘米长的伤口,也在隐隐作痛……

其实,早在出国航行前,王文珍就自费 1 万多元,给孩子们买了糖果、文具、书包、球类等礼物。每到一个地方,王文珍总是希望能把更多快乐带给孩子们。离开孤儿院前,伴着中国乐曲《茉莉花》的旋律,王文珍和孩子们一起跳起了舞蹈……

对于王文珍来说,这样的长途航行是个挑战。她晕船晕得很厉害,经常是一边呕吐一边准备卫生宣教的课件。但无论在船上多难过多疲惫,一旦下船到了码头,王文珍总是神采奕奕。

在塞舌尔的老年之家,王文珍带领护士为老人们体检后,又一起为老人们梳头、捶背。王文珍对 63 岁的斯宾塞·齐亚勒老人说:"在中国,给老人梳头、捶背,是晚辈对长者的孝道和尊敬,希望您能把我们当成自己的女儿。"

饱经风霜的老人流泪了,连声说:"你们真是东方的天使!"王文珍笑着回答:"我们不是天使,是中国海军的护士。"

在和平方舟医院船上度过的时光,虽不是最让王文珍紧张的,却是最让她体会到"当海军,看世界"的一次经历。对王文珍来说,她是一名军人,更是一名护士。

其实,早在 2003 年抗击"非典"和 2008 年汶川地震救援的报道中,就可以搜索到王文珍的名字。

2003 年 3 月 11 日晚上,海军总医院急诊科接诊了第一例"非典"病人。随后,被感染的病人陆续送来,凶险的传言也沸沸扬扬……

"非典"病房谁去当护士长？王文珍站了出来："不管这种病有多么大的传染性，只要病人来了，我先上！"于是，王文珍成为北京最早和"非典"病人一起被隔离的医护人员之一。这一隔离，就是122个日日夜夜，她护理了发热病人3000多人。

一天晚上，一名"非典"病人去世了。王文珍让年轻护士都退到安全地带，自己独自给尸体和病房消毒。时钟指向凌晨4点，抢救室的门终于打开了。护士们帮王文珍脱下防护服，只见汗水顺着她的头发往下滴，身体软得像面条一样。

当时，有位"非典"女病人万念俱灰，不吃不喝，也不让护士量体温。王文珍柔声问她："你现在最想谁？"女患者喃喃说："我有一个9岁的女儿……"

"我也有个女儿，正准备中考，已经一个多月没见到了，我也很想她！"王文珍说，"我们一起与病魔作斗争，早日见到我们的女儿，好不好？"

女病人被感动了，深深地点了点头。出院时，她含着眼泪说："护士长，如果不是你，我活不到今天。你整天穿着防护服，我不知道你长啥样，可我听得出你的声音。以后我们如果在街上遇到，请你一定要喊我一声，让我抱抱你。"

2008年5月12日，汶川发生特大地震。这一天，正好是国际护士节。

第二天中午，王文珍随海军总医院医疗队驰援灾区。绵阳市中心医院门诊大厅挤满了伤员，呻吟声、哭喊声此起彼伏。

5.9级余震突如其来，伤病员和家属们惊恐万分，蜂拥而出。"楼

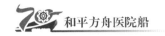
上有几个重伤员,得把他们抬下来!"王文珍拼命向6楼病房跑去。当最后一名老大娘被抬出来时,王文珍累瘫在地上……

那天,整整16个小时,王文珍和队友们一起冒着余震,完成清创、截骨、外伤等手术60例,抢救护理危重伤员26名。给一名重伤员手术时,突然发生余震,千疮百孔的大楼剧烈颤抖。王文珍立刻弯下腰,用自己的身体护着伤员……

5月14日一大早,王文珍和医疗队奔赴受灾最严重的北川。入夜,北川县城一片漆黑沉寂。王文珍和战友们打着手电,一遍遍呼喊:"有人在吗?"

裸露的钢筋、锋利的瓦片把她们的手脚划得血淋淋的。突然,一处废墟东北角传来微弱的呼救声,王文珍快步赶过去,钻进坍塌的楼板,给被掩埋了50多个小时的李桂川等伤员送去了救命的矿泉水和饼干……

70多个日日夜夜,王文珍和战友们从废墟下成功救出被困人员10名,救治伤员109名。在曲山小学坍塌的楼板中,他们钻进废墟,为被埋70个小时之久的女孩李月实施了截肢手术。

2008年9月,残奥会在北京举行。从电视上看到"芭蕾女孩"李月翩翩起舞时,王文珍流泪了:"自己救过的患者,想想都觉得很亲;自己救出的孩子,就好像是自己亲生的孩子!"

在海军总医院当了近30年的护士,王文珍最大的感受就是生命其实很脆弱。

王文珍16岁那年,父亲突然得了心梗,夜里被送到了医院。但是,王文珍家乡医院的急诊医生、护士都不专业,她的父亲等了好半天,还自己上楼下楼。两个小时后,王文珍的父亲去世了。当时正在上护校的王文珍知道,急性心梗特别特别疼。父亲去世后,他们发现父亲的衬衣衬裤都被汗水湿透了。

王文珍在一次接受采访时,谈到了父亲去世给她带来的影响:"当时我就想,如果医护人员处置得果断、及时、正确一些,我父亲也许不会那么早离开我。我当护士,一定要尽职尽责,不让这种可以避免的悲剧发生。"

她是这样说的,也当真是这样做的。

一次,3 名环卫工人不慎掉进化粪池,送到医院时全身上下都是粪便,恶臭弥漫,许多患者哇哇呕吐起来。

"赶紧清理口鼻,防止窒息!"王文珍毫不犹豫地冲上去,带领护士们用手掰开患者嘴巴,掏出污物,冲洗清理,输上氧气……

一个孩子的手被绞进绞肉机,送到医院时,孩子的手还在钢桶里,疼得哇哇大哭。王文珍赶紧把孩子抱在怀里,跑向手术室,急诊室的走廊里满地是血,王文珍一路小跑,脚底下又黏又滑,吱吱作响……

关于这样的急救事例,多得数都数不完。

王文珍所在的急诊科,本来就是一个极容易产生纠纷的地方。一边是病情危急的病人,一边是情绪焦躁的家属。在王文珍看来,这些情绪是可以被理解、被消解的。在一次会上,王文珍对科里的护士说:"来看急诊的病人,都是着急的。就说除夕夜吧,千家万户和和美美,打电话发短信都说祝福的拜年话。可是,每年除夕来看急诊的病人也特别多,我们什么样的病人都可能遇到。鞭炮炸伤的、烟花烧伤的、酒喝多了摔伤的、鱼刺扎嗓子的、吃不好闹肚子的……你能说大过年的

这些人怎么这么烦人吗？病在谁身上谁痛苦,病也不会挑时辰……"

王文珍的话把大家都逗乐了,可只有她们自己知道,在一个"急"字背后,医护人员付出了多大的努力。

王文珍曾说过这样一番话:"每一名患者背后都有一个家庭,每一个家庭成员身边都有同事、朋友。我们看似面对一个患者,其实他们背后都有无数双眼睛看着我们。一名患者说我们护士不好,传开了也许就有人说海军总医院不好、解放军的医院不好,甚至说解放军不好……这样的责任,我们是负不起的呀!"

同是海军总医院急诊科护士的骆敏这样评价王文珍:"她特别细心,特别敏感,特别在意病人和家属的感受。"

有一回,一位中毒的女患者被送到急诊室抢救。王文珍像往常一样拿起剪刀,准备剪开女患者沾满呕吐物的牛仔裤。这时,患者的女儿突然哽咽着说:"阿姨,这是妈妈最喜欢的一条裤子……"

看着眼前泪水涟涟的小女孩,王文珍放下了剪刀。后来,这名女患者抢救无效去世了,王文珍把这条牛仔裤洗干净后,叠得整整齐齐交到小女孩手里。小女孩向她深深鞠了个躬:"谢谢阿姨,您让妈妈永远留在了我的身边。"

打那以后,急诊科多了一条不成文的规定——抢救前,护士都会问患者家属:"我剪衣服,可以吗?"

一次,一个小女孩遭遇车祸被送到医院紧急实施颅脑手术。收拾抢救现场时,王文珍从地上捡起了小女孩被剪掉的发辫,用纸小心翼翼地包好,对身边年轻的护士叮嘱:"一会儿孩子家长来了交给他们,万一孩子没有了,孩子母亲想孩子时,还能摸摸自己孩子的头发……"

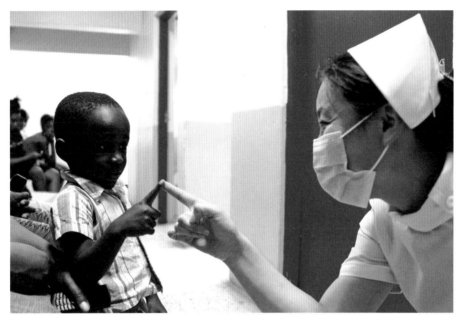

◎ 和平方舟医院船医务人员在牙买加服务期间,与小患者进行交流(毛宇 摄)

细细品味王文珍护士生涯的点点滴滴,我们发现这是一名护士最平凡的日常,但却又是她最不平凡的奉献。王文珍的"急"与爱,都深深融进了她的职业,也融进了她所踏上的和平方舟医院船。

对每一个走上和平方舟医院船的人来说,这里积淀了他们的情绪与品性,当他们离开时,他们的风格也就变成了医院船的风格。因此,我们从和平方舟医院船执行的一次次任务中,看到了船的"品性",看到了医务人员的品性,更看到了中国军人的品性!

(三)

"我常常想起南丁格尔的灯,那个瘦弱的女子提着一盏小小的油灯,在黑暗中散发着微弱的光,从熟睡患者身边轻轻走过,这盏灯,点

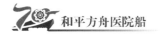

亮了我前行的路……"获奖后,海军413医院麻醉科护士长王海文这样对媒体说。

王海文,第44届南丁格尔奖章的获得者,也是继王文珍之后,中国海军第二位获得这项国际殊荣的护士。同事习惯喊她"海文姐",有的病人则会叫她"海文妈妈"。而她,与和平方舟医院船也有过一段不解之缘。

2008年,和平方舟入列之时,王海文正在舟山的各小岛间巡诊。没过多久,王海文便接到命令,随舰赴亚丁湾、索马里海域执行护航任务,为官兵们提供健康保障。后来,王海文回到祖国。作为护士的她,作为军人的她,第一次感受到远海卫勤保障能力对一支大国海军有多么重要。

王海文在闲暇时,总会给大家讲讲在亚丁湾的见闻,讲讲遇到过什么样的病人,遇到过什么样的病灶。大家讨论时,曾有人提到和平方舟,不过,对于这艘谁都听过没见过、更不用提上去过的船,大家也并没有想得太多。

但很快,王海文接到了来自这艘大白船的邀约——赴亚非五国执行"和谐使命-2010"任务。

因为有过出远海的经历,上船后,王海文很快便适应了海上生活。

12岁的坦桑尼亚儿童阿鲁亚怯生生地站在和平方舟医院船的检伤分类区,看着陌生的中国军医,语言不通的阿鲁亚不知如何是好。王海文看到,主动走过去,她慢慢蹲了下来,询问阿鲁亚哪里不舒服。阿鲁亚眨眨眼,低头看向自己的小腿。原来,在她的右小腿上,一道长约5厘米的伤口已经化脓。

王海文马上把她带到诊室，轻轻地给她擦洗伤口，然后配合医生为她实施了手术。看着眼前这个瘦弱的非洲小姑娘，王海文的心里仿佛被狠狠地揪了一把。阿鲁亚被送进病房，王海文则转身回到自己的宿舍。不一会儿，她抱着营养品出现在了病房。

阿鲁亚醒了，她睁开眼睛看着眼前这位黄皮肤的阿姨。两秒钟后，阿鲁亚向王海文伸出双手，王海文虽然不知道阿鲁亚想做什么，但还是下意识地马上去牵住她。阿鲁亚慢慢坐起身，轻轻地亲吻了王海文的双手。紧接着，站在一旁的翻译告诉王海文："小姑娘说想喊您一声妈妈……"王海文俯下身子，抱了抱阿鲁亚，拍拍她的背说："好孩子，妈妈在！"

在肯尼亚，一位疟疾病人上吐下泻，满身污物。王海文二话不说就为病人清理身体；孟加拉国的一位老太太在和平方舟治疗时，王海文为她做中医推拿缓解她的疼痛；一位艾滋病病人得了脂肪瘤，一路追着和平方舟从肯尼亚来到坦桑尼亚，王海文没有着急给他检查，而是先打来水给他洗头洗脸刮胡子，这名病人竖起大拇指说："Chinese，very good！"……

生命的可贵在于伟大的选择，选择的伟大在于永恒的倾注。

对于每一位在和平方舟医院船上生活战斗的女性来说，她们的选择遵从了自己心底最真切的呼唤，这样的选择也外化于她们的实际行动。每一次问询、每一次治疗、每一次微笑、每一次拥抱……都会让人感受到在自己最虚弱时来自一个陌生人最温暖的呵护。

同样是在"和谐使命－2010"任务中，中国女军医叶霞登上了蒙巴萨发行量最大的报纸。

◎ 2015 年 11 月 29 日，第 44 届南丁格尔奖获得者王海文护士长与外国小朋友做互动游戏
（江山 摄）

眼部疾病是非洲地区的高发疾病,白内障、青光眼、角膜白斑等眼疾患者挤满了医院的走廊。在肯尼亚当地医院,一台白内障手术通常配备一台主刀医生显微镜和2台辅助医生显微镜。在一次手术时,因为客观条件的限制,辅助医生不仅没有显微镜,就连凳子都没有。叶霞决定,用肉眼辅助手术!从早上9点到午后2点,手术顺利完成。

每天治疗归来,叶霞总会和战友们一起聊聊当天的治疗情况。那天,叶霞回到宿舍情绪不高,同屋的姐妹们问她是不是遇到了什么困难。叶霞叹了口气说:"今天遇到一个小姑娘,11岁了,长得特别可爱,特别漂亮。可是她的右眼快失明了,现在已经错过了最佳的治疗期,所以……"

其实,这样的无可奈何对于叶霞和战友们来说,也算是家常便饭。医生,大概是这个世界上见过生老病死最多的职业。很多人觉得医务

◎ 医务人员与孩子们一起做游戏(代宗锋 摄)

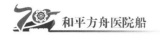

人员因为见到的情况太多,情感上早就麻木了。其实不然,越是见得多,他们的内心也越柔软,面对这样的无可奈何时,他们受到的触动也可能越大。

那一天,印有她工作照的报道占据了当地报纸的半个版面,更多肯尼亚民众慕名而来。而叶霞几乎不会拒绝任何一个患者,总是尽可能多地接诊和手术,"多诊治一个,就有希望多一个康复者"。

这,是她内心最朴素的愿望。

(四)

如果用当下娱乐圈的说法,和平方舟医院船就像是一个"梦工厂"——它不仅实现了很多人"世界那么大,我想去看看"的梦想,还造就出一批又一批的"明星"。

维吾尔族姑娘古力登上和平方舟医院船的时候,刚刚 22 岁。

古力来自新疆喀什莎车县,从小听着冬不拉的琴声、跳着热情的维吾尔族舞蹈长大。大二那年,网上的一则消息点燃了古力心中的梦想——海军招收女兵。古力马上报了名,甚至"都没和家里人商量"。从内陆来到海边,耳边的琴声变成了阵阵涛声,古力觉得"这辈子都值了"!

和她一同加入海军的,还有努尔帕夏和苏丽亚。她们三个都有着维吾尔族姑娘独有的美丽风韵,身着海军军装的她们总会成为别人目光追逐的对象。古力从没想到,有一天自己会以军人的身份站在海边,没想到自己竟能成为海军首批维吾尔族女水兵,接下来发生的事更是令她想都不敢想。

2013年6月10日，和平方舟医院船从舟山起航，前往亚洲8国和亚丁湾海域执行"和谐使命－2013"任务。在118天的任务里，和平方舟医院船访问了文莱并参加东盟"10＋8"防长扩大会人道主义援助救灾联合实兵演练，赴亚丁湾海域为护航官兵提供医疗服务，在印尼拉布汗巴焦参加多国海军联合巡诊和海上阅兵活动。古力在这期间，收发了上千条报文，没有出现过一次差错。

任务归来，古力和另外两名战友为自己又贴上了一个标签：航程最远的维吾尔族女水兵。可爱的维吾尔族姑娘成为同龄人眼中的"斜杠青年"，但她们自己知道，这几个"首批"背后藏着多少个吐满了的塑料袋、藏着多少对遥远天山的思念。

让梦想照进现实，运气只占1%。而这1%的运气，也不过是多年来的厚积薄发。

◎ 和平方舟医院船女兵学习小艇驾驶技能（代宗锋 摄）

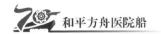

每一名走上和平方舟的女性,在踏上甲板的那一刻,就因这条享誉中外的医院船而成为"明星"。而和平方舟医院船之所以能够享誉中外,除了它"先天"条件优越,更重要的原因就是这些温柔而坚韧的女性。她们就像是开满枝头的茉莉花,散发着沁人心脾的清香,让世界认识中国、了解中国。

此刻,我们不妨再把目光投向历史的长河。

20 世纪 80 年代,刘崇丽与 16 名战友走上南康号医院船成为海军首批女舰员,也成为那个时代的"明星"。

知道自己可以参加演习的时候,刘崇丽和战友在船舱里手拉着手,兴奋得又叫又跳。出发时,她们脸上那骄傲而自信的神情让所有人印象深刻,她们立下的"军令状"也是掷地有声:"我们要像南中国海的男水兵一样,一定能征服海,一定能完成这次神圣的演习任务,请首长放心。"

可是很快,8 级大风掀起的巨浪冲击着所有人的生理、心理极限。南康号医院船在风浪里上下颠簸,横摇度更是达到了 30 度以上。每个人走路都像是喝醉了酒般摇摇晃晃。刘崇丽的脸"由嫩白变成青灰",一边抹眼泪一边咬牙扶着船舷。躺在床上,胃里依旧翻江倒海。不知是谁说了一句"胆汁都要吐出来了",惹得刘崇丽又一次扯开了塑料袋……

从西沙永兴岛到东岛,医疗队组织狗脾脏切除和肠吻合手术训练。姑娘们拼命咬牙坚持,可是狗腹腔打开瞬间的腥味刺激,让好几个护士险些在手术室晕倒。医疗队队长敬德玲看着瘫软的姑娘们放了"狠话":"在战场上给病人做手术你们能随便跑开吗? 连这么点儿风浪都顶不住,还当什么女水兵!"那段时间,每一个姑娘都练就了一手抗晕船的好功夫,用她们自己的话说,就是死扛!

当每个姑娘都可以随着风浪走出"魔鬼的步伐"时,新的挑战又来了——

南康号医院船第一次到南沙巡诊,李卫华提前备齐了所有她能想到的药品。当船靠近岛礁,她看到几个黝黑黝黑的小伙子冲着医院船不停地挥手。原以为,他们是在欢迎自己的到来,没想到,小伙子们得知这是巡诊的医院船,而非轮换的船只时,眼神里流露出的是满满的失望。原本兴高采烈的女军医们,一下子被弄得尴尬无比。

礁长赶紧解释:"他们待在礁上至少有半年多了。在这举头是蓝天、低头是大海、白天兵看兵、晚上看星星的单调而寂寞的环境里,难免会有心理上的压抑。有时候看到民用船只,也会亮亮他们的男高音,喊上一阵,请你们不要见怪。"李卫华和战友们马上调整好情绪,为岛礁上的战士们诊疗。

待的时间越长,李卫华心里越不是滋味,这里确实太苦了,根本不是想象中浪漫的地方。这里远离大陆,原生态到连淡水都要计划着用,换班船送来的录像带,大家都不记得看过多少次了,里面的台词每个人都能背得一字不差。高盐、高湿、高温,这是战士们必须面对的日常。

身体上的疾病还可以忍受,精神上的匮乏确实在渐渐地消磨着每个人的意志。李卫华和战友们即将离开的时候,一个小战士怯生生地说:"李医生,你们能给我们唱首歌或者跳支舞吗?"李卫华和战友们愣住了,这样的"技能"她们毫无准备。看着战士们眼神中的渴望,李卫

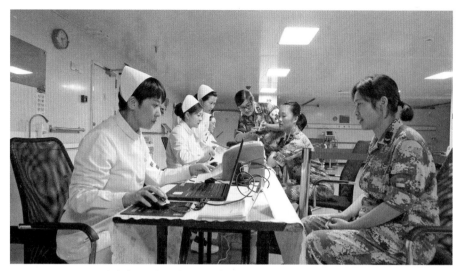

◎ 扬州舰女舰员崔诗韵(右一)在和平方舟医院船主平台门诊区进行挂号(薄禄龙 摄)

华"顾不得自己五音不全",第一个开口唱起了那首流行歌曲——《血染的风采》,边唱还边跳起了舞。

如今回想起来,那支舞蹈可能根本算不上舞蹈,但在当时的环境里,那支舞蹈确实是全世界最优美的舞蹈。

巡诊结束,李卫华回到湛江的第一件事就是找舞蹈培训班,不忙的时候,她还跑到舰队的文艺骨干那里取取经。她知道,唱歌也好,跳舞也好,她们都太业余,但对驻守岛礁的战士们来说,这是他们的精神良方。

(五)

从南康号医院船到和平方舟医院船,变的是船的龙骨,不变的是每一个人汇聚起来的精神。这是一种传承,是一种赓续,更是一种升华。

　　从祖国的万里海疆到世界各地的码头港口，这些来自海军的女军人们用她们的技术与爱心传递着温和向善的中国精神。

　　"好一朵美丽的茉莉花"，这首传唱多年的民歌，唱响在座座岛礁，唱响在世界的每个角落。吟唱这优美旋律的中国女军人，正像这歌中唱到的茉莉花一样，"芬芳美丽满枝丫，又香又白人人夸"。

◎ 和平方舟医院船上的女军人

◎ 走出国门（代宗锋 摄）

﹥﹥﹥ 第六章
穿越太平洋播撒爱的种子

"嗨！老刘,怎么又是到你这儿卡壳啊！你这是手术刀用惯了,脚不灵活啊!"海军总医院眼科主任刘百臣又被战友"嘲笑"了。被"嘲笑"的原因不是因为他医术不好,而是因为他毽子踢得不好,几轮"传球"下来,在刘百臣这儿断了两回,这位在眼科疾病方面颇有建树的专家,这会儿只能边"捂脸笑"边说:"你看这海风多大,不能怪我!"

踢毽子是刘百臣和战友们午后最喜欢的活动之一,不仅可以让身体得到锻炼,还可以增进彼此间的了解。因此,在"和谐使命－2011"任务开始前,这些医生们特意到文体用品店去买了几个毽子。

此刻,和平方舟医院船正航行在宽阔的太平洋上,海风徐徐吹过,甲板上医生们身上的海魂衫也随着海风和他们的运动做出有节律的摆动,好像真是一层层浪花在荡漾。

这是刘百臣第二次随和平方舟医院船远航,也是和平方舟医院船的第二次远航。这一回,他们将到达地球另一边的拉丁美洲——

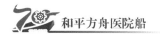

古巴、牙买加、特立尼达和多巴哥、哥斯达黎加4个国家,将是和平方舟开展医疗服务的目的地。这次任务是中国海军医院船首次到访加勒比地区,首次访问拉美4国,也是中国军队对哥斯达黎加的首次军事外交活动。

虽然已经有了"和谐使命－2010"任务的经验,但毕竟这一次旅程还是一次全新的旅程。很多人是一边吃月饼,一边准备着出航。

2011年9月16日,中秋佳节后的第四天,这艘身披红十字的大白船再一次起航,载着416名随舰任务官兵,驶向遥远的拉美。

◎ 执行"和谐使命"系列任务的和平方舟医院船官兵为自己点赞,为军队点赞(江山 摄)

（一）

突如其来的大雨,让和平方舟医院船船长于大鹏的心里惴惴不安。按照计划,和平方舟将在当天晚上通过巴拿马运河,由太平洋进入大西洋。

虽然不是什么难事儿,可运河上船来船往,其繁忙程度不亚于中国一线城市的主街道——当时的数据显示,全世界5%的贸易货运要经过这里,其中50%是石油、煤炭和粮食,因此,巴拿马运河被称为"世界的桥梁"。

通航的时间在晚上本就增加了难度,现在的大雨,无疑又给他们设了一道关卡。

于大鹏在当晚之前,曾无数次凝视办公室墙上的世界地图。那个窄窄的水道沟通了世界上最重要的两片海洋——太平洋和大西洋。

几百年前,当西班牙人巴尔沃亚到达的时候,这里还是"令人窒息、虚脱和疲劳的赤道灼热之中"的低洼地。巴尔沃亚率领着长长的队伍,"从一开始就得在有毒的藤萝丛林中用刀斧和利剑披荆斩棘开凿出来"一条可以通行的道路,"潮湿的巨大树盖宛若穹顶,底下是一片阴暗、闷热,雾气腾腾,憋得人透不过气来,树冠上是无情的炎炎烈日,酷热时汗流浃背,嘴唇焦裂",成群的、蜇人的昆虫在他们身边萦绕。当地势逐渐走高,巴尔沃亚终于瞥见了胜利的曙光,不久之后,他成为了第一个看见太平洋的欧洲人。

为了使巴拿马地峡变成巴拿马运河,不知多少人长眠在这地峡之

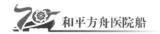

中。1914 年,巴拿马运河通航。新世纪到来之前,运河的全部控制权交到巴拿马共和国手中。尽管这条运河只有 45 海里长,但就是这 45 海里使太平洋和大西洋之间的航程至少缩短了 5500 海里。

如今,航行在这条水道之上,仿佛航行于历史长河之中。尽管随着岁月的变迁,巴拿马运河在不断维修和拓宽,但是历史已经永远沉淀于此。在这里,你仿佛还能听到巴尔沃亚与印第安人的对话,还能听到修建巴拿马运河的工人们喊的号子声,还能瞥见拉美独立战争的硝烟……滚滚历史沉入静静的运河中,不轻易泛起波澜,却又时刻弥漫在运河氤氲的水汽之中。

巴拿马运河两岸上灯了。大雨中,两岸林立的高楼和忙碌的港口会让人产生一种错觉,好像这里是宫崎骏动画《千与千寻》中神的国度。但此时的于大鹏无暇欣赏雨中夜景,虽然宽 24 米的和平方舟医院船在运河上并不算大船,但他们很早就研究了航行方案,并且接到来自运河管理局的引水员维克多的忠告:"这像把船开进水泥箱子,无论大小都很危险。"

巴拿马运河的修建借用了其境内最大的湖泊——加通湖。加通湖水位比洋面高出 26 米,运河在南北两口分别修建了双道相向通行的船闸和连接加通湖的渠道。此刻,两岸的灯火映照出船闸的模样——船闸的每一级长 305 米,宽 33.5 米,深 12.55 米,就是将埃菲尔铁塔平放下来也足够。按照运河的通航规定,船宽 27.74 米以上为大船,通常在凌晨和上午通过。因此,和平方舟医院船在这里并不算在"大船"之列,需要在下午或者晚上通过。

"我们每次都心存乐观,但要做最坏的打算。"维克多告诉于大鹏。

很快，船闸两侧的电动机车发出声响，和平方舟医院船在它们的牵引之下慢慢驶进船闸。电动机车的钢丝绳一紧一松，和平方舟医院船上人们的心脏也在随着钢丝绳的收放频率一紧一松。很多医务人员并不知道通过船闸需要做多少前期的方案筹划，但此刻看着自己脚下的大白船在钢丝绳的"遥控"下前进，他们的心还是跟着收紧了。

"船闸里，每扇船闸立起来都有 6 层楼高，重量相当于 3 架波音747 飞机。船闸底部的装置能在不到 10 分钟时间里，将船只提升或下降 10 米以上的高度。"这一段来自媒体的描述，让万里之外的我们可以隐约感觉到和平方舟医院船通过船闸时的情形。

终于，在晚上 11 点，和平方舟医院船顺利通过望花船闸和米格尔船闸。巴拿马著名的世纪大桥映入了大家眼中，有很多人惊叹大桥的恢宏，但更多人在惊叹自己刚刚经历的一切。

◎ 执行"和谐使命－2011"任务的和平方舟医院船首次通过巴拿马运河，驶抵大西洋加勒比海（查春明 摄）

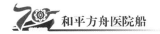

第二天上午,和平方舟医院船又顺利通过盖拉德水道,进入加通湖。水面逐渐宽阔,很多医务人员走上甲板,欣赏着异国风光。身边不时有游艇和货轮经过,他们大概也是第一次看到洁白的和平方舟医院船,有人拿出手机拍下医院船"魅影",有人举起双臂不断向医院船挥手致意。

维克多在巴拿马运河管理局已经工作了 21 年,他也不记得自己引导过多少条舰船,也没有计算过到底为多少个国家的船员提供过服务。但是,他却清楚地记得 2002 年通过巴拿马运河的两条中国军舰——青岛号导弹驱逐舰和太仓号综合补给舰。那也是中国海军军舰第一次通过巴拿马运河,彼时,两条中国军舰组成的编队正在进行环球航行,由大西洋进入太平洋 。

再见到中国军人,维克多觉得他们一样,又不一样。不一样的是船和船上的人,但一样的,是船上人的精神风貌和高素质。

就在维克多和于大鹏聊天的时候,他的一名同事正在和平方舟医院船上接受治疗。上船之前,这位引水员不小心崴了脚,听说来的是中国的医院船,他一蹦一跳地上了船,希望能让中国军医给他治病,而且点名要找"神奇的中医"。海上医院院长钱阳明微笑着接待了这位引水员。

这是和平方舟医院船执行"和谐使命 – 2011"任务接诊的第一位外国患者,虽然距离他们要到达的第一站——古巴,还有一段时间,但他们的任务已经开始了,或者说,他们的医疗任务从来都没有停下。

◎ 和平方舟医院船抵达古巴首都哈瓦那

(二)

　　一间高大房屋里,半截蜡烛已经快要燃尽。烛光将两个人影投射在窗上,他们距离很近,似乎在商量着什么。"试思去年之事,曷尝真有启衅之端? 日本必欲代朝鲜改政,则胁朝鲜以必从可矣。我为东学党发兵,而日本不愿,则催我撤回可矣。可至必欲我京师,不过兵力已强,窥我无备,欲借称兵以偿其欲耳。"说话的人表情凝重,眉头深锁。听的人则闷声不语。

　　这一幕发生在中日甲午战争之后。此刻,晚清大臣张之洞正在府

123

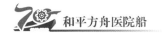

内思忖着一件事情,对于甲午战争的惨败,这位与海军有着极大渊源的大臣痛心疾首。

很快,张之洞思考的事情有了动静,清政府终于意识到建立一支强大海军的重要性,从英国、德国等国购买了43艘军舰,其中从英国订购的"海圻"号巡洋舰是吨位最大、设备最先进的。

1911年的春花还未落尽,"海圻"号带着300多名当时清朝海军的精兵强将,从上海起航了。台湾海峡、中国南海、印度洋、红海、地中海,直至穿越直布罗陀海峡,"海圻"号进入了大西洋,很快他们将抵达目的地——美国。

对"海圻"号上的任何一名水兵来说,虽然从出航起看到的就全都是海水,但现在航行其上的大西洋,无疑是个全新的世界。就在此时,统领程璧光做出了一个惊人的决定:"长发污衣藏垢,既不卫生,又有碍动作,尤以误害海军军人为甚,故实无保留之价值。"年轻的水兵一阵叫好,剪掉脑后那"污衣藏垢"的长辫,而那些已经留了半辈子长辫的人,颤颤巍巍剪掉辫子,再用红布细心包好。

1911年6月24日,"海圻"号巡洋舰参加了英国乔治五世国王继位的庆祝仪式,之后,"海圻"号返回阿姆斯特朗造船厂,进行了为期一个月的厂修。

焕然一新的"海圻"号在8月10日抵达了目的地——美国纽约。原本以为这只是一次普通的外交出访,没想到,就在美国隔壁的拉丁美洲爆发了排华运动。程璧光接到命令,迅速率领"海圻"号将士南下,直奔古巴哈瓦那港。

因为"海圻"号的到来,身处古巴的华人得到了来自祖国的强大庇护。每当水兵上岸，只要遇到华侨，都会被他们请到家中盛情款待。也正因为"海圻"号的到来，让古巴政府对华侨的态度有了变化，古巴总统与程璧光会见时特意强调："古巴军民绝不会歧视华侨。"

一个世纪前的会面场景至今仍是史学家们津津乐道的事情。一个世纪后，中华人民共和国海军的和平方舟医院船又一次来到古巴，来到哈瓦那港，历史的烟尘似乎还飘荡在空中，虽然对靠港的和平方舟医院船来说，这段历史很遥远，却并不模糊。因为无论是一个世纪前的海军，还是现如今的新中国人民海军，守家卫国、护佑同胞的心从未改变。

有时，历史总会在某一时空找到交汇点。同样是守护人民的南美英雄切·格瓦拉，也在中国人的眼里有了现代的表达方式。

黑色贝雷帽，嘴里一支燃着的哈瓦那雪茄，卷曲的长发，忧郁而深邃的眼神。南美英雄切·格瓦拉的形象，成为世界各地的时尚符号，他象征着进取、力量、战斗。在中国，切·格瓦拉45度角仰望天空的形象被作为一种文化符号，印在T恤衫上。但他叼着哈瓦那雪茄低头沉思的形象，似乎更能触动李军的心。

李军是"和谐使命－2011"任务海上医院手术组主任。当知道自己要抵达拉丁美洲，他的第一反应就是想起了曾看过无数次的切·格瓦拉叼着雪茄的照片，然后他又想到了拜伦的那句诗："给我一根雪茄，我别无他求。"这位看似理性的医学男，其实骨子里是个文艺男青年。他不吸烟，但他欣赏在雪茄明灭的烟丝中焕发出的那些穿越历史的文艺作品。

和平方舟医院船在此次任务中到访的第一站，正是古巴共和国的

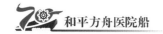

哈瓦那港。那一天,古巴海军导弹快艇和巡逻艇在海面"开道",引导着和平方舟医院船靠港。古巴革命海军副司令佩德罗·罗曼率领着古巴军地政要早早地等在码头。华人华侨扯起的横幅像一条红飘带蜿蜒在厚厚的人墙里。

60多岁的华侨李华国站在人群中,深情凝望着和平方舟医院船。他当天特意早早起床,打开衣柜拿出挂在最里头的那身西装。镜子前,李华国用心地扎好领带,仿佛要去赴一场重要的约会。

从巴拉德罗到哈瓦那有140公里,这段并不算远的路程,在李华国看来似乎异常遥远。从早上6点钟出门,他一直催促儿子开快一点,坐在后排的小孙子还不太明白当天到底要去做什么,奶声奶气地问:"爷爷,我们要干什么去?"

"咱们去见祖国来的亲人……"李华国的嘴唇有些颤抖。

和平方舟医院船靠港了,舷梯放下时发出"哐"的一声响,这一声响也重重砸在了李华国的心上。他的心房猛地一颤,眼泪跟着便落了下来。

走上舷梯,李华国的每一步都迈得格外踏实。这是祖国的军舰!

站在和平方舟医院船的后甲板,面对着迎风飘扬的五星红旗,没有当过兵的李华国缓缓举起右手,敬了一个军礼。这个不属于军人的军礼触动了在场的所有人,这一刻,所有人都体会到了"军舰就是流动的国土"的深层含义。

或许,一个世纪前的清朝水兵到来时,并没有看到如此盛大的欢迎仪式,但他们肯定听到了来自同胞的高声欢呼。这欢呼声穿越百年,直至今天。

（三）

很多中学地理老师在教授地理课时,总会将某一地区的版图做一个合理而形象的想象,这样方便学生记忆。例如中国的广东省,老师会说它的轮廓就像是一个伸长了鼻子的大象脑袋,而与它临近的湖南省则像是一位包着头巾的苗族少女。

赵颖煊一直把这样的方法记在心里,直到毕业很久,他还是习惯通过这样的方式去记忆一个地方。这一次"和谐使命－2011"任务,他也通过形象的版图轮廓记忆,去了解认识这个国家。比如他们到达的第二站牙买加,一个加勒比海上的岛国,"就像是一片漂在海上的树叶"。

不过,令赵颖煊没有想到的是,这片"树叶"上的牙科病人多到让他无暇好好吃口饭,每一天预约口腔治疗的人数是他在国内日均接诊量的两倍还多。

虽然在出航之前,赵颖煊就打听过"和谐使命－2010"任务的情况,听说了战友们每天是如何辛苦地为当地民众提供医疗服务,但是当和平方舟医院船抵达牙买加金斯顿港口的时候,他还是被长长的队伍"吓了一跳"。

和他一样忙碌的还有眼科主任刘百臣。与在"和谐使命－2010"任务中遇到的情况很相似,这里的眼科疾病高发,特别是白内障。

就在和平方舟医院船即将离开牙买加的前一天,刘百臣小心翼翼地揭开 67 岁的油漆工伊万眼睛上的纱布。伊万在妻子过世后,一直

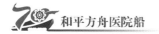

一个人生活。白内障已经困扰了他长达 3 年的时间。在牙买加的私立医院，单眼白内障手术的费用几乎要用掉一个普通市民一整年的收入。而在金斯顿公立医院，眼科门诊每天接诊超过 150 人。可是，能做白内障手术的眼科医生却只有 5 名。漫长的等待消耗着他们的健康与耐心。

终于，在和平方舟医院船到来的时候，伊万住进了中国医院船的病房，仅用 40 分钟就结束了长达 3 年的痛苦。

刘百臣算是个"身经百战"的医生，但是在金斯顿，他还是遇到了一个"有点麻烦"的情况。华侨张官胜已经旅居牙买加多年，两年前，他患上白内障。这本不是一件复杂的事情，但因为张官胜已经 91 岁高龄，并伴有高血压、心肌梗死等病史，这台手术着实让刘百臣也捏了一把汗。当天晚上，刘百臣和心内科的医生一同走进手术室，一边是刘百臣在为老人摘除白内障并放入人工晶体，另一边心内科的医生在监测老人的心脏状况。

摘下纱布的时候，张官胜老人操着一口广东普通话对刘百臣不断说着感谢。虽然已经在牙买加生活了 50 多年，可他的乡音仍未改变。等到刘百臣再去查房的时候，老人的家人高兴地对刘百臣说："明年夏天，我们可以一起看伦敦奥运会，一起给咱们中国运动员加油了！"站在一旁的牙买加卫生部官员迈克对张官胜的术后视力情况进行测试，当老人准确地说出他的每一个手势，迈克对和平方舟医院船的医护人员们竖起了大拇指："专业！"

在和平方舟医院船上，最不缺的就是感动与欢笑。

21 岁的牙买加糕点师多森，已经患静脉曲张 5 年了。家庭条件的限制，让他的病一拖再拖。那一天，正在面包房做面包的多森，无意中看到了电视里正在播放的消息：中国海军和平方舟医院船将访问牙买加，并为当地民众提供医疗服务。多森的眼睛亮了起来，他知道，这可能是他康复的最好机会。

10月30日，多森在妻子凯西的陪同下来到金斯顿公立医院。在那里，和平方舟医院船派出的21人医疗分队正在紧张工作。海上医院普外科专家姜福亭接待了多森夫妇，一番细致检查后，多森和凯西赶往和平方舟医院船主平台。当天深夜，姜福亭在结束了岸上医疗服务后，回到船上，为多森实施手术治疗。

当阳光再一次普照牙买加大地，多森在妻子的吻中醒来。年轻的多森向妻子点点头，然后目光越过妻子的肩头，望向她身后的中国军医。姜福亭得知多森醒了，赶到病房。令他没有想到的是，这对年轻的牙买加夫妇不知何时向身边的护士学习了中文，此刻，他们嘴里反复念叨着一个中文词汇："谢谢！"

紧接着，医务人员从翻译那里得知，这天竟是这对年轻夫妻的结婚纪念日。炊事班马上行动，根据当地的饮食习惯，为多森和凯西做了一顿病房里的"烛光晚餐"。凯西看着眼前的一切激动不已。多森则开心地说："这是我们收到的最好的结婚纪念礼物。能够遇到中国医生，我们真的太幸运了！"

没有玫瑰，没有巧克力，没有任何礼物，但对于这对牙买加夫妇来说，这个结婚纪念日必将永远印刻在他们的生命之中。因为中国军医，他们再次获得健康；因为和平方舟，他们的婚姻有了最特别的注脚。

◎ 和平方舟医院船医护人员与牙买加残障学校学生一起娱乐（代宗锋 摄）

（四）

20岁的中国小伙张嘉敏有些郁闷。他是特立尼达和多巴哥中华艺术文化研习会舞狮队的一员，为了迎接从祖国来的和平方舟医院船，他们已经排练了很久。虽然张嘉敏很年轻，但他已经是舞狮队里的"灵魂人物"，这一次将由他来舞狮头。可让他郁闷的是，在和平方舟医院船抵达特立尼达和多巴哥的前一天，他发烧了，而且一下子烧到了39度。

眼看着祖国的医院船就要来看望自己，而且这也是中国海军舰船第一次到访特多，张嘉敏猛地往嘴里塞了一把药，换上舞狮的服装出了门。

站在西班牙港的码头，张嘉敏时不时攥紧拳头，细密的汗珠从他的额头渗出来。当和平方舟医院船上站坡的中国海军医护人员在自己眼中越来越清晰的时候，张嘉敏一把举起大大的狮头，踏着锣鼓的节奏，尽情舞动起来。

已经在特立尼达和多巴哥生活了近50年的刘兆媚，是这一次欢迎活动的负责人之一。事后，她看见张嘉敏通红的脸蛋儿，心疼不已。眼前的这个小伙子刚刚完成了一套漂亮的舞狮表演，她相信来自祖国的亲人们看到最具中国特色的舞狮，会开心骄傲。卸下装备，刘兆媚拉着张嘉敏上了和平方舟医院船。张嘉敏便成了和平方舟医院船在这里接诊的第一位患者。

这一次，和平方舟医院船到访特立尼达和多巴哥还有一项重要任务，就是前往特多最大的军营——特特罗军营为国防军军人提供免费医疗服务。车辆行驶至一处海湾，在山海之间，一座座营房若隐若现。

当和平方舟医务人员来到军营中的诊所时，七八十名特多国防军军人早就等在这里。女军士长贾考博笑着说："你们实在太有名了。最近，我们国家的广播电视里，几乎每个时段都能听到你们的名字。"另一名女军士长玛瑞在接受了中医科医生顾群的治疗后，不断地向周围人夸赞着中医的神奇，拔火罐、针灸、红花油，这些中医治疗手段成了这一次特特罗军营行的"爆款"。

回程的路上，顾群看到在西班牙港的街边，不少三五成群的人敲击着鼓一样的乐器。同行的翻译告诉她，就在和平方舟医院船到访的前几天，特多最具特色的传统节日——钢鼓音乐节开始了，整个11月，特多都会沉浸在钢鼓的音乐声中。

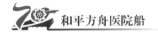

顾群原以为,钢鼓敲击的声音会十分沉闷,恰恰相反,这种特多独有的乐器发出的声音十分悠扬。这种钢鼓是截取汽油桶底部的一节制作而成的。据说,它诞生于第二次世界大战结束之时,当时,特立尼达和多巴哥人民为了庆祝胜利,在大街小巷敲击起原本传统的竹制打击乐器。也不知是谁,嫌弃这声音不够响亮,不能表达胜利的喜悦,随手搬出一只汽油桶开始敲打。

就这样,经过不断改良,这种钢鼓沿用至今,成为特多独具特色的乐器。2006年,为纪念首批华人抵达特多200周年,一支由当地华人组成的钢鼓乐队成立,中国著名的曲目《茉莉花》《康定情歌》《甜蜜蜜》等,都成为那一年特多街头巷尾演奏的曲目。

1945年,为了庆祝和平,特多人民创造出别具特色的钢鼓;2011年,为了共话和平,中国海军和平方舟医院船不远万里来到特多。66年,时过境迁,无论在特多还是在中国,都发生了翻天覆地的变化。但是66年来,关于爱与和平,从未改变。在特方举行的招待酒会上,特多国家安全部长约翰·桑迪引用孔子的话说:"人应将5种品质传播至世界——礼、忍让、诚信、勤奋、宽厚,但是真正使人称之为人的是仁爱。在特中人民的友好情谊上,和平方舟医院船的到访对此进行了非常完整及深刻的诠释。"

而那一曲由特多钢鼓敲击出的《茉莉花》,便是两国人民爱好和平的例证。

(五)

很多事情在经历过后,留在我们记忆中的,往往是那些当时最"折磨"人的事，是那些当时让人捏一把汗的事。

留在骨科医生丁宇和罗旭耀记忆深处的事，是和平方舟医院船入列以来实施的最复杂的手术——腰椎间盘突出髓核摘除术，这一台手术由丁宇、罗旭耀共同完成。之所以印象深刻，不仅因为手术难度大，更因为和平方舟此次到访是2007年中国与哥斯达黎加建交以来，两国首次进行的防务交流活动。

进行手术的是哥斯达黎加的19岁少年埃尔兰德斯。半年前，这名热爱足球的男生因为剧烈运动受了腰伤。母亲蓓蕾斯带着他去过了很多家医院，其中一家医院在检查后同意为埃尔兰德斯做手术，可是这台复杂而充满风险的手术要排到两年之后才能做。绝望之时，和平方舟医院船来了。

看着埃尔兰德斯痛苦的眼神，丁宇和罗旭耀当即决定在医院船主平台为他进行手术。就在手术进行到关键时刻，彭塔雷纳斯港开始退潮。和平方舟医院船因为退潮开始晃动。站在手术台上的丁宇和罗旭耀对视一下，低下头继续做手术。

与此同时，和平方舟医院船船舱外，船员们在指挥员的调动下加固缆绳。那一根根手臂粗的缆绳，仿佛系着19岁少年的生命，系着中国海军军医的形象，更系着中国的形象。

漫长的3个小时后，埃尔兰德斯被推进和平方舟医院船的病房。两天后，这名哥斯达黎加少年已经可以下床活动，他的眼神再次焕发出他在球场上时的神采，属于他这个年龄独有的热血神采。母亲蓓蕾斯带着埃尔兰德斯的兄弟姐妹来到和平方舟医院船，他们围着埃尔兰德斯有说有笑。其中一个人手中紧紧握着相机，在离开医院船之前，

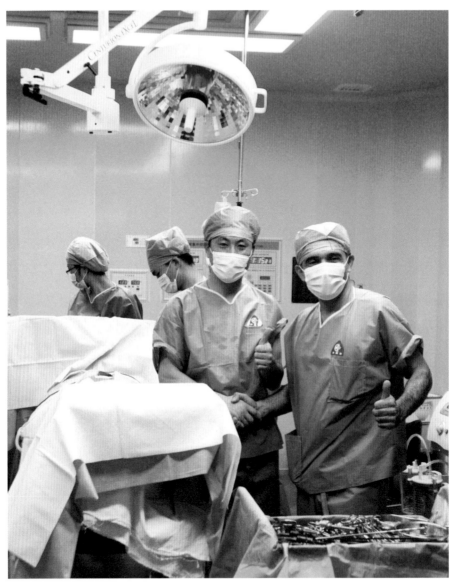

◎ 中哥两国医生联合手术后互致敬意(代宗锋 摄)

他们要完成一个心愿：与中国军医合张影。

那几天，和平方舟医院船的故事占据了哥斯达黎加主流媒体《民族报》和《共和国报》的头版头条。那些关于医院船的先进设备、关于中国军医医者仁心的报道，传遍了哥斯达黎加的每一个角落。

直至和平方舟医院船离开的时候，还有很多人追问中国军医："你们下一次什么时候来？"

在"和谐使命－2011"任务中，和平方舟医院船共接诊11446人，实施手术118例，特别是让拉美人民感到"神奇"的中医，在那块热情的大陆上又"圈粉"无数。

其实，对于和平方舟医院船上的每一个人来说，具体给多少人瞧过病，又做过多少台手术，他们可能不会记得那么清楚。但他们一定清楚地记得来自到访国民众的点赞，记得他们康复后幸福的笑脸，记得患者家人眼含热泪的感谢，更记得在出发时自己立下的铮铮誓言。

此刻，让我们把时间的指针拨回到2011年9月21日，国际和平日，也是和平方舟医院船起航的第五天。航行在太平洋之上的和平方舟医院船全体人员，在甲板上举行了庄严的宣誓仪式。

"忠诚于党，热爱人民……"400多个声音汇聚成一股强大的声浪，在宽阔的太平洋上回响。当他们在印有"宣扬和谐理念、争当和平使者"的鲜红条幅上郑重签下自己的名字，就意味着他们的一言一行将代表中国海军，代表中国军人，代表中国。

他们正面迎击了热带风暴"洛克"，在一波又一波大风浪的冲击下坚守在各自的岗位，吐过的塑料袋扔了一个又一个，"吐到胆汁都要吐出来"的时候，和平方舟医院船顺利通过了大风浪航行海域。

他们在到达任务区之前，一遍又一遍地演练着可能遇到的情况。远程与海军总医院、海军413医院专家集体会诊，做出一个又一个突

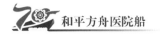

发疾病的治疗方案,对医疗设备熟悉到"闭着眼睛都能准确拉开医务柜的抽屉"。

他们为了更好地服务当地民众,利用休息时间恶补西班牙语。本子上记着密密麻麻的西班牙语单词,有时"做梦都会蹦两句西班牙语出来"。直到完成任务归来很久,Hola(你好)、Gracias(谢谢)、De nada(不客气)、Hasta pronto!(再见)等常用西班牙语单词,依然深深印刻在他们的脑海中。

当然,很多人还记住了那句爱的表达:Te amo(我爱你)。当他们再一次拥抱自己的爱人时,还会满含柔情地对他们说一句西班牙语的"我爱你"。

>>> 第七章
医院船的"高光时刻"

生命中有些地方，哪怕只去过一次，也会永远留在记忆之中。

菲律宾，莱特湾。对和平方舟医院船信号班班长韩大林来说，就是这样一个地方。如今，站在甲板上眺望海平面，他时常在想：6年前，他们用漆刷在莱特湾防波堤上的那个醒目标志还在吗？

那个标志是他和战友们亲手漆上去的——长方形、白底，上面画着一个大大的红十字，红十字下方写着"ARK PEACE"，也就是"和平方舟"。

6年前的那场超强台风，让菲律宾塔克洛班市从美丽的海滨小城变成满目疮痍的灾区。在抵达灾区后的16天里，韩大林和战友们驾驶着救生艇一趟趟往返于码头和海上医院，将救灾物资送上去，将伤病患者接上船。

防波堤上的"ARK PEACE"标志处，正是救生小艇靠泊的地方。

时光荏苒。或许那个标志依然还在，或许它已经在海水的冲刷之下变浅、变淡。但无论它在与不在，以它为标志的那场生命营救，永远印在韩大林和许多战友的脑海中，成为他们军旅生涯中的难忘时刻。

同样，在塔克洛班市民众的记忆中，也一定还记得带给他们生命希望的中国军人，一定还记得那面鲜艳的五星红旗，一定还记得停泊在莱特湾里的那条白色大船——和平方舟。

不仅是在菲律宾救援现场，在"环太平洋"军演、中马联合军演等世界舞台上，总能看到和平方舟医院船的身影。在营救伤病员的关键时刻，在展示中国救援能力的关键时刻，在体现中国大国责任的关键时刻，洁白的和平方舟医院船就像是一位冲锋在前的战士，号声一响，义无反顾。

而这一个又一个的关键时刻，也正是和平方舟医院船的"高光时刻"。

◎ 在菲律宾执行医疗救助任务的中国海军舰载直升机向和平方舟医院船转送伤病员

（一）

海雾还没有散去,从和平方舟医院船望向不远处的塔克洛班市,好像是海市蜃楼一般若隐若现。

闫玲和战友们排着队,准备登上换乘小艇,从和平方舟医院船出发到达塔克洛班市。闫玲站在队尾,眺望着那座有点陌生却又熟悉的城市,她攥紧了双拳,随着队伍一步步向前走。很快,战友们都已经顺着软梯换乘到了小艇上,闫玲闭上眼睛,深呼吸,一咬牙,松开拳头,爬上了湿滑的软梯。

闫玲有恐高症。从和平方舟的上层甲板到海面有 20 多米,这对闫玲来说,"真是要命一般的高度"。

那天的海风好像格外大,风一吹,和平方舟轻轻晃动,垂向海面的软梯也随之晃动起来。刚刚还只是些细密的、不易察觉的水汽缀在闫玲的额头上,一会儿,水汽凝结成大颗大颗的汗珠,从她的额头上滚落下来。闫玲不断调整着自己的呼吸,克制着内心巨大的恐惧。对她来说,这是何其漫长的几分钟!耳边,海浪的声音越来越响,她甚至已经感觉到有溅起的水花打在她的衣服上。就在这时,一股力量托住了她的双腿——是战友,大家都知道闫玲有严重的恐高症,所以在每次换乘的时候,都会特意在下边等着扶她一下。

踩在小艇上的一瞬间,闫玲狂跳不止的心终于安定下来。她抬手抹了一把脸上的汗水,却发现泪水混着汗水一起蹭在了衣袖上。尽管如此,她还是马上说了一句:"走吧!"语气铿锵。

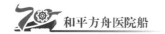

接到赴菲律宾救援任务时,闫玲刚刚结束一台手术。那天深夜,闫玲轻手轻脚地把行李收拾好,在熟睡的女儿的额头上轻轻吻了一下便出发了。

2013年11月8日,菲律宾遭受了超强台风"海燕"的正面袭击,位于台风登陆点的莱特省、萨马省等地区受到重创,现场一片狼藉,"海燕"的巨大威力几乎将莱特省的塔克洛班市夷为平地。

中国海军和平方舟医院船在11月21日从浙江舟山起航,全速赶赴菲律宾灾区参加救援行动。这是中国首次派出舰艇赴海外灾区执行人道主义医疗救助行动。

这一次海外救援任务从部署到出发可谓"神速"——

19日,和平方舟医院船接到了赴菲律宾执行医疗救助任务的命令。方案拟制、人员抽组、物资筹措等各项任务准备工作,如同上满了弦的陀螺,紧张有序地转个不停。当天深夜,从北京,从舟山,从湛江,从三亚……来自海军总医院、军事医学科学院、解放军302医院等全军41个单位的官兵,迅速到舟山集结。

与此同时,35吨、1400多种医疗物资和100多台携行医疗设备,准时到达码头,迅速被装载上船。

接到任务后,大部分医务工作者都没有时间赶回家与家人告别,只能匆匆忙忙打个电话。海军总医院肿瘤科医生赵向飞接到命令时,正在北京的办公室里翻看病例;空潜科医生刘浩接到任务时,正在辽宁出差,从北京带的行李,就原封不动地直接带到了舟山……在北京首都机场,有不少医务人员的家属,他们拎着自己帮忙收拾好的行李,直接送到已经在机场集结的家人手上。20日第一班从北京飞往宁波的飞机，几乎被赶去参加任务的医务人员包机了。

23 日，已经距离菲律宾咫尺之遥。凌晨 3 点，海军总医院普通外科副主任刘刚办公桌上的台灯依然亮着，在他的电脑上，同时打开了好几个文档，那是关于救援时实施外科手术的各种预案。

按照设想，和平方舟医院船抵达菲律宾后，将开展医院船主平台医疗救助、医疗分队前出医疗救助、与其他医疗队联合医疗救助、灾区卫生防疫、开设野战医院以及其他情况下的医疗救助。然而，此刻虽然距离菲律宾很近很近，但灾区情况到底如何？受伤人员是否已经在当地医院得到初步救治？中国军医们到底要面对怎样的情况？一切都是未知数。因此，这一个个打开的文档，就成为和平方舟医院船打赢这一仗底气的来源之一。

刘刚随和平方舟医院船执行过两次"和谐使命"任务。20 日凌晨，已经连续在手术台上工作了 10 多个小时的他，一走出手术室，就接到了再次随和平方舟医院船出征的命令。

这一次赴菲律宾执行救援任务确实是紧急紧急再紧急。接到任务时，和平方舟医院船其实才刚刚结束了"和谐使命 –2013"任务。在海外漂泊了 125 天，靠港仅仅一个月，和平方舟又一次出发了。

航行期间，刘刚抽空给家里打了一个电话。电话那头，5 岁的儿子带着哭腔说："爸爸，你怎么又走了？这次什么时候回来啊？"电话这头，听到儿子声音的刘刚，望着起伏的波浪，红了眼眶。

（二）

换乘小艇高速掠过海面，呼呼的海风迅速吹干了闫玲的脸庞。

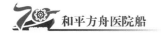

和平方舟医院船在夜幕降临前抵达了菲律宾。刚刚在莱特湾抛锚的和平方舟接到任务,塔克洛班市有3名重伤者需要马上转运到和平方舟医院船治疗。那天夜晚,和平方舟医院船灯火通明。一名被垮塌房屋砸成重伤的患者,在早上6点被推出手术室,转入医院船的病房。船上所有人都意识到,"战斗"打响了。

每一个人都万分庆幸,他们在航渡期间就做好了所有的"战斗"准备,无论是药品器材,还是治疗方案,每个科室甚至进行过小型的推演,所有的一切让他们在24号——到达的第一天、第一个小时,就打了一个"漂亮仗"。对抗死神、对抗病魔,是每一名医务人员的职责。这里同样是战场。

第二天一早,和平方舟医院船派出医疗小分队前出上岸,在塔克洛班市进行医疗救治。闫玲和战友是第一批前出医疗小分队,他们被小艇送到塔克洛班市,在莱特省立医院的废墟上的一座座临时搭建的帐篷里,开始办公接诊。

与闫玲一起前出到莱特省立医院的,还有急诊科医生陈瑞丰。一上岸,陈瑞丰就体会到出发前指挥员说的话:"这一次任务极其复杂,极其困难,极其艰巨。"眼前的景象,让他一下子联想到2008年汶川地震后灾区的样子,特别是赤脚站在路旁的孩子,那无助的眼神让他心疼。参加过汶川地震救援的他,很快调整好状态,作为前置医院唯一一名急诊全科医生投入了战斗。

那天夜里,陈瑞丰从前置医院的帐篷里走出来,准备透透气。一抬头,漫天的星星,让他的心颤了一下:真美啊!他不由地感叹。星星铺满天际,远处的好像坠落到大海上,又好像是从大海里升起。可是,星星之所以在此刻显现出这样的情形，正是因为这片受过重创的土地上暗淡无光。曾经的塔克洛班市是什么模样？想必这样一座海滨小城，即使不繁华，也会是舒适的。但现在，星星眨眼，看到的只剩满目疮痍。

"陈医生！陈医生！"几天来，陈瑞丰不知听到过多少回这样急迫的呼叫，因此，面对突如其来的喊声，他并没有过多反应，一转身，循声跑去，好像是一种本能。

受伤的是一名19岁的小伙子，玻璃碎片深深浅浅地扎在他的身体上，他的前排牙齿也碎了，嘴巴里也在不断吐着血泡。这个小伙子刚刚开着车要去送东西，可直到现在，塔克洛班市也没能恢复一点点电力，整个城市到了夜晚一片漆黑。小伙子一时没看清路，出了车祸。现在，他躺在治疗帐篷里一动也不敢动，脸上痛苦的表情早已凝固，眼泪无声地淌下来。陈瑞丰戴上医用手套，拿起镊子，开始为小伙子清理伤口。

这样的情况，陈瑞丰在国内医院不知遇到过多少回，所以拔掉每一块玻璃碴的时候，他的力度拿捏得十分准确。他好像自带显微镜，那些小到很容易被忽略掉的玻璃碴，他也能迅速发现并清理干净。很快，伤口清理完，陈瑞丰开始为小伙子缝合伤口。医院缝合线在陈瑞丰的手中上下翻飞，所有的伤口一共缝了60多针。

处理好一切，小伙子被送到病房帐篷。送来时还是血肉模糊、满面痛苦的菲律宾小伙，很快安然地睡着了。

再次走出医疗帐篷时，一只老鼠从陈瑞丰眼前飞快地跑过。繁星依旧缀满天空，好像比刚刚更亮了一些。陈瑞丰长长地舒了一口气，

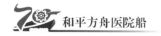

揉揉眼睛,然后从衣服口袋里掏出手机。这是他当天第二次掏出手机,第一次是因为需要查看一些器材清单,第二次就是为了看妻子给他留言的短信。

这几天,陈瑞丰每天都忙得不可开交,甚至连给妻子打个电话的时间也没有。因为时差的原因,每次陈瑞丰忙完,国内时间早已是深夜。怕影响妻子休息,他只发个消息给妻子报个平安:"我在这里一切都好。""你今天该去做产检了,怎么样?""出门要多注意。"……每个字,每句话,都含着深深的爱与歉意。

(三)

端着热气腾腾的鲫鱼汤,护士长王新华小心翼翼地攀上了四层甲板,来到和平方舟医院船的病房。

看到王新华进来,正躺在病床上的莉娅眼睛亮了起来,她动了动身子,挣扎着想从病床上起来,王新华赶紧走了两步,把汤放到她的床头,扶着她的肩膀让她躺了下来。

超强台风"海燕"摧毁了莉娅的家园,也带走了她的父母。而最要命的是,幸免于难的她是一名即将临盆的产妇。和平方舟医院船到来之前,她只能和许许多多灾民、伤病员一同被安置在帐篷内。在和平方舟医院船进行转运伤员时,虚弱不堪的莉娅被带上了中国的大白船。

那是一个令所有人都难忘的日子——11月28日,和平方舟医院船上传出一声嘹亮的啼哭,莉娅顺利产下一名男婴。迎接新生的喜悦爬上每一个人的脸庞，莉娅更是喜极而泣。可是，因为严重缺乏营养，莉娅没有奶水。

骨头汤、鸡蛋面、红枣羹……和平方舟医院船的炊事班想着法、变着花样地为莉娅和船上的其他产妇提供营养餐。王新华每一次都会把食物送到她们的病床边。

王新华用手摸摸汤碗，温度合适。她扶莉娅坐起来，把碗端到她面前。莉娅笑着接过来，咕咚咕咚几口喝掉了一碗汤。在和平方舟医院船上的几天，莉娅得到了前所未有的照顾，看着她渐渐红润的脸蛋，王新华倍感欣慰。莉娅放下碗，握住王新华的手，动情地说："真的谢谢您！您就像我的妈妈一样！"

测量体温、抽血输液、留取标本、消毒……王新华穿行在各个病房和诊室里，忙得像旋转不停的陀螺。

看着四处奔忙的王新华，一同来自302医院的感染病科副主任聂为民又是敬佩又是心疼。就在3个月前，王新华刚刚做完子宫全切手术。如果不是参加这次救援任务，12月3日，王新华将到医院复查。然而，作为全军首支野战传染病医院应急医疗队的主力队员，一接到命令，王新华毫不犹豫地登上了和平方舟医院船。

44岁的弗拉雷在11月24日登上和平方舟医院船，她是第一批被转送到医院船上就诊的伤病员。台风致使她的右股骨粉碎性骨折，当天凌晨，医院船的医护人员连夜为她做了复位手术。手术之后，陪在她身边的除了丈夫阿纳迪，就是对她进行精心护理的王新华。

12月8日，弗拉雷终于出院了。走之前，她特意让丈夫去买了一份礼物送给王新华。十几天的朝夕相处，让王新华成了弗拉雷的"好

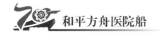

姐妹"。在出院时,弗拉雷希望用礼物表达自己的心意。礼物并不贵重,是一束洁白的茉莉花。这是菲律宾的国花,当地人用送茉莉花表示对远方客人的敬意。在弗拉雷眼中,王新华就像是盛开的"桑巴吉塔",散发着沁人心脾的香气,让人心安。

同样被看作是"桑巴吉塔"的还有闫玲。

也是在11月28日,闫玲在和平方舟医院船的前置医院见到了罗塞塔。这名菲律宾妇女被丈夫用推车拉着,他们步行了数十公里来到这里。当闫玲见到罗塞塔时,她的羊水已经破裂,罗塞塔的眼泪早已流尽,看到中国医生,她几乎用尽了全身力气抓住闫玲的手说:"帮帮我吧!"

闫玲没有片刻犹豫,立即协调医疗直升机,将罗塞塔转运至和平方舟医院船的主平台。

产房内,撕心裂肺的喊叫声让人心碎;产房外,罗塞塔的丈夫双手紧紧攥着红色的十字架,轻声祈祷,神情焦虑万分。这仿佛是一场漫长而残酷的战争。"用力!"闫玲不断鼓励着罗塞塔。

"哇——"罗塞塔的丈夫在新生儿的啼哭声中抬起了头,眼泪也随着这声啼哭掉了下来。一个健康的女婴诞生了。

一直伴随在他们身旁的菲律宾海军军医柯尼斯塔担任了临时翻译,她说:"真的,这太令人激动了!这简直是一场难以置信的分娩,如果没有和平方舟医院船,如果没有中国军医,这个小家伙可能很难平安地来到我们身边。"

在为新生儿登记姓名时,罗塞塔和丈夫在那一栏写下:辛娜·罗斯,翻译为中文就是"中国玫瑰"。

（四）

太阳还未从海平面露头，一声响亮的汽笛划破了宁静的莱特湾。2013 年 12 月 10 日，在菲律宾与死神、病魔对抗了 16 天的和平方舟医院船缓缓启动，准备返航。

在抵达灾区的 16 天里，和平方舟医院船共接诊伤员 2208 人，住院治疗 113 人，完成手术 44 例，开展流行病学调查 7000 多人，中国军人再次以实际行动赢得了世界的赞誉。回顾这 16 天，可以用"生死时速"来形容——

11 月 24 日凌晨，莱特湾笼罩在黑暗中，刚刚抵达的和平方舟医院船灯火通明。首批接诊的重症患者经过检查后，当即被送进了手术室。凌晨 2 点，普外科医生刘刚、张夕凉为患者米歇尔实施了阑尾切除手术；1 小时后，骨科医生王德利、白雪东为患者弗拉雷粉碎性骨折的部位进行解剖对位。

此时，和平方舟医院船锚泊莱特湾仅仅 8 小时。

由于港口吃水深度不够，11 月 24 日抵达菲律宾重灾区塔克洛班后，和平方舟医院船只能锚泊在离岸 2 海里的莱特湾锚地。快速布置前置医院，成为医院船官兵面临的首要问题。菲方医疗联络官柯尼斯目睹了中国军人在废墟上建立医院的全过程：清理淤泥、杂物和垃圾，搭建帐篷、平整土地、安装设备……25 日下午 5 点，一所设有妇科、儿科、皮肤科、耳鼻喉科等 7 个科室，配备心电图、超声检查仪等医疗仪器的前置医院在莱特省立医院原址开始运行。

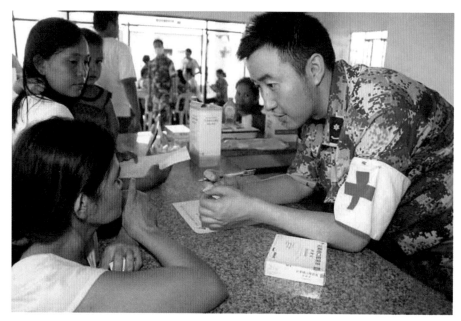

◎ 中国医务人员为菲律宾患者详细讲解用药说明

此时,和平方舟医院船锚泊莱特湾刚刚 24 小时 。

11 月 27 日,前置医院附近的临时直升机停机坪和临时码头启用。至此,72 小时内,和平方舟医院船在菲律宾灾区建立起以医院船为主平台,以前置医院为支点,以当地医院坐诊为补充,以交通艇和直升机转运为保障的立体医疗救助体系。

中国海军的速度让人赞叹,菲律宾海军中部军区司令犹马准将感叹道:"中国海军的速度之快,超乎想象,给了我们一个巨大的惊喜!"

中国海军的速度不仅让菲律宾赞叹,也让世界赞叹。而这背后其实是"中国速度"的大幅度提升。就在和平方舟医院船赶赴菲律宾救援的几个月前,神舟十号载人飞船冲破大气层,成功降落在内蒙古四子王旗。航天员聂海胜、张晓光、王亚平顺利出舱。神舟十号载人飞船是我国载人航天"三步走"战略第二步第一阶段的收官之战,也是我国载人航天工程的首次应用性飞行。回望中国航天的来路,同样爆发出令世界震惊的"中国速度"——

1970 年 4 月 24 日,西北大漠深处,中国成功将第一颗人造地球卫星送上近地点 429 千米高的飞行轨道,响彻全球的《东方红》乐曲,宣告中华民族从此进入航天时代。

5 年之后,我国第一颗返回式卫星发射成功,3 天后成功回收。放眼当时的世界航天发展历程,返回式卫星技术堪称最复杂和尖端的技术。美国经过 38 次飞行试验,直到发射第 13 颗卫星才实现顺利回收;苏联也进行了多次试验才成功。而我国的返回式遥感卫星首次飞行试验就获成功。

苍穹作证,中国走向太空的脚步铿锵有力——从东方红一号发射成功算起,长征系列运载火箭前 50 次发射用了 28 年,而第 50 次到第 100 次仅仅用了 9 年。

在《问天之路——中国航天发展纪实》这本书中,有这样一段文字令人印象深刻:"1989 年 3 月 7 日,在西昌的神秘峡谷中,另一场攻坚战也已打响:建设我国第一座大型火箭发射塔架。合同留给它的建设时间更短:14 个月。同等规模的发射工位,美国人当时用了 19 个月,法国人用了 29 个月。"

1990 年 4 月 20 日,中国航天人用血汗浇铸的大型发射塔架,冲天而起。这个时间,还比 14 个月的工期提前了半个月。作者用一串串详细、精准的数字告诉读者,这是中国航天追赶世界的脚步!

1992 年 9 月 21 日,中国载人航天工程正式启动。1999 年 11 月 20 日,神舟一号发射升空,飞行在 300 多公里高度的太空轨道上。短

短7年多时间,中国航天人走完了发达国家三四十年所走过的路。

2003年神舟五号载着航天员杨利伟首次飞天;2年后,神舟六号遨游太空;3年后,神舟七号航天员出舱行走……短短数年,中国载人航天飞行就实现了从1人到2人再到多人,从1天到5天再到多天。

从2000年10月第一颗北斗导航卫星发射升空,到如今北斗导航卫星"群星璀璨",中国航天人只用了17年时间;"墨子号"量子卫星从设计图纸变成现实,仅仅用了6年时间。

中国航天人用"特别能吃苦、特别能战斗、特别能攻关、特别能奉献"的精神,创造了一次又一次奇迹,也让世界真切地聆听到"中国速度"的脚步声。

而这一次,中国海军和平方舟医院船同样用速度与实力与死神赛跑、与病魔抢时间。他们的故事,为"中国速度"又添上了浓墨重彩的一笔。即使时间流逝,海浪冲刷掉画在防波堤上的"ARK PEACE"标志,和平方舟医院船的速度与爱,也会永远留在那块土地上,永远留在菲律宾人民的心中。

（五）

有时,人的成长是一瞬间的事。

和平方舟医院船女兵张新成就是在那么一瞬间,"觉得自己长大了";也是在那么一瞬间,"觉得生命脆弱而珍贵";更是在那么一瞬间,"觉得自己肩头担子沉甸甸的"。

"叮——"一声长长的战斗警报打破了和平方舟医院船上轻松的

气氛。

这一天是 2013 年 10 月 2 日，和平方舟圆满完成了"和谐使命－2013"任务，正在返航途中。船上的人们，无论是医生护士，还是船员水兵，都沉浸在即将回到祖国怀抱的兴奋与期待中。

在过去的四个多月中，和平方舟医院船再次"闪耀"世界——访问文莱，并参加了东盟"10＋8"防长扩大会人道主义援助救灾联合实兵演练，在亚丁湾、索马里海域为各国护航舰艇的水兵们提供医疗服务，在印度尼西亚拉布汉巴焦参加多国联合巡诊和海上阅兵活动。同时，和平方舟医院船还访问了马尔代夫、巴基斯坦、印度、孟加拉国、缅甸、印度尼西亚、柬埔寨，为当地民众和华人华侨提供免费的医疗服务。

原本计划的 118 天航程，也因为这一声长长的警报变成了 125天。这声警报来自远在祖国内陆的海军机关，这声警报让和平方舟医

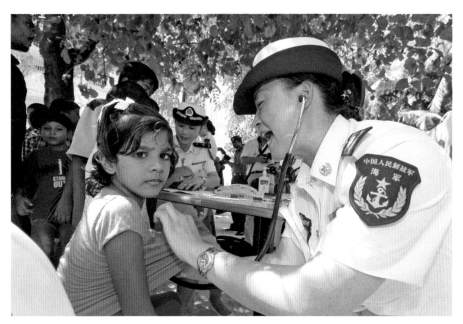

© 2013 年 6 月，儿科医生杜侃在马尔代夫一个孤儿院为孩子们检查身体(琚振华 摄)

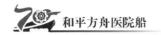
院船紧急改变航向,全速赶往中国南海,搜救因台风"蝴蝶"而失踪的渔民。

船上所有人的心,一下子又悬到了嗓子眼儿。几天前,大家在电视新闻中看到了关于台风"蝴蝶"的消息:"9月29日晚,受今年第21号强台风'蝴蝶'影响,我国广东台山籍5艘渔船在海南西沙珊瑚岛海域遇险,其中2艘渔船沉没,1艘渔船失去联系……"几天后,大家接到上级命令,马上赶赴事发海域搜救遇险渔民。

虽然和平方舟医院船上的医护人员有三分之一以上都曾执行过汶川地震救援等重大任务,但对于这次海难救援,大家还是把方案想了又想,细化又细化。此刻的他们,既要充当搜寻者,还要充当施救者。

(六)

在他们赶赴南海参加救援之前,海军官兵也早已拉开了立体式搜救网。"蝴蝶"扇动起巨浪的那一天,琛航岛上的海军战士唐飞正在信号台值班。值班室外狂风大作,把玻璃窗刮得哗哗作响,巨大的风力仿佛随时都能将屋顶掀掉。而通过望远镜,唐飞看到了更为可怕的场景:海面上,巨浪滔天。在琛航港内抛锚防台的渔船有很多因为锚链断裂而搁浅。小小渔船在巨浪中剧烈起伏摇摆,好像下一个浪头就要将这些船只吞没进海底。船上的渔民焦急万分,却又无处可逃。情急之下,许多渔民跳水逃生。

唐飞扔下望远镜,拿起电话迅速向指挥所报告。琛航岛指挥所马上组织抢险救灾应急分队在狂风中救助遇险渔民。1 个、2 个、3 个、4 个、5 个……被救上岸的渔民越来越多。最后，285 名浑身湿透、瑟瑟发抖的渔民被海军官兵救了回来。裹着毯子，捧着热水杯的他们，眼中仍有死里逃生的恐惧。

与此同时，珊瑚岛、金银岛上的驻岛官兵也连夜组织搜救分队，沿着海岸滩涂一寸不落地搜寻着落水渔民。夜晚来临，南海岛礁上所有的信号灯和强光灯同时打开，一道道强光穿过夜幕，穿过巨浪，仿佛生的光芒与死神激烈地搏斗。

第二天，天色依然阴沉。虽然风力小了，但是雨却没有停。海军航空兵一架直升机旋翼转动，将落下的雨滴打碎，在飞溅的水花中起飞。

雷声，这架直升机的机长，他带领着机组往返于岛礁之间，飞翔于茫茫南海之上，这样的演练，他们曾进行过无数次，可这一次，是实战。他们要抢回的，是同胞的生命。雷声希望他们的搜救能如同自己的名字般，迅速、有力。

当夜幕再次降临，雷声机组带着受伤渔民李长有和莫世壮降落在三亚机场。渔民被早已等候在机场的医护人员接走，雷声摘下耳机，用力揉了揉发干发涩的眼睛。发动机关停，他听到有人长叹了一口气。雷声知道，这不是放松，而是一种夹杂着些许失落的感叹。明天、后天、大后天，还有更多的遇险渔民等着他们去搜救。

那一年的国庆节，北京高高飘扬的五星红旗在凝视着举国欢庆的人们，也在遥望着千里之外的南海。那一天早晨，海军武汉舰、广州舰组成舰艇编队抵达搜救海域，全力投入救援工作。起伏的浪涌中，陈

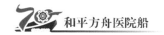

色聪、谭建军两名渔民站在一艘小艇上,用尽全力挥动衣服。武汉舰官兵马上放下小艇高速驶向他们。

两小时后,渔民陈色聪的哥哥陈色验被广州舰救起。见面之后,兄弟俩相拥而泣。陈色验回忆着台风来临时的场景:"我们的船比别的船都要牢固些,因为下了两个锚。可没想到,台风的威力太大了……"

狂风巨浪很快就将固定在船上的舢板绳索全部吹断,舢板随着大浪翻滚而去。渔船严重进水,并且迅速下沉。当陈色验跑去拿救生设备时,船身开始倾覆。陈色验一看已经来不及拿救生设备,赶紧大声呼喊着让船员们弃船跳海。他刚刚喊出弟弟的名字,一个浪头裹着刚刚冲散出去的小舢板打了过来。陈色验几乎是下意识地死死抓住舢板,也因此获得了一线生机。但,他和弟弟陈色聪失散了。

陈色验发现一个大舢板,并拼命游向那里,却没想到舢板倒扣在海中,任他折腾了一个多小时,也没有把船身翻过来。筋疲力尽的他,爬上舢板船底,抱着舢板过了一夜。

体力稍有恢复,陈色验再次跳入海水中,费尽力气总算从舢板里摸出一瓶汽水。一口气喝完后,他又摸出第二瓶汽水和一些面包。此时,他已经在饥饿状态下漂流了两天。他不知道自己还能坚持多久,他也不知道弟弟陈色聪此刻漂流在何处,是已经得救,还是遭遇了不测……他不敢再往下想,不断告诉自己要坚持住。

"就在我万分绝望的时候,突然远远看到了一艘船的影子,心里激动了一下:应该是有人来救我了。船开近了,我才慢慢看清楚那是一艘军舰。舰上的官兵向我挥手,还放出小艇朝我开过来,当时我激动得泪流满面。小艇越靠越近,艇上的战士对我喊话:'老乡,不要怕,我们来救你了!'"陈色验激动地说。

他没有想到,不仅自己得救了,弟弟陈色聪也被另一艘军舰救起。他们没有放弃希望,而祖国也一定不会放弃任何一名同胞。

（七）

仿佛心有灵犀,那一天的北京下起了小雨。

和平方舟医院船上的人们都聚集在水兵餐厅中,收看中央电视台直播的党和国家领导人向人民英雄纪念碑敬献花篮仪式。

张新成看得格外认真。从 2011 年参军入伍,她在和平方舟经历了许多前所未有"第一次":第一次出国、第一次参加演习、第一次和外国海军交流、第一次救助别人、第一次被外国民众拥抱……太多太多的第一次,让这名"90 后"姑娘内心充盈着巨大的满足与感动。

"人民英雄永垂不朽",这是张新成第一次仔仔细细凝视人民英雄纪念碑上的八个大字。碑身背面,还镌刻着这样的碑文:"三年以来,在人民解放战争和人民革命中牺牲的人民英雄们永垂不朽!三十年以来,在人民解放战争和人民革命中牺牲的人民英雄们永垂不朽!由此上溯到一千八百四十年,从那时起,为了反对内外敌人,争取民族独立和人民自由幸福,在历次斗争中牺牲的人民英雄们永垂不朽!"

张新成看着电视直播,心里暗暗思忖:"这些英雄也是普通人,面对死亡,他们真的一点都不畏惧吗?"

她还没来得及仔细思考,也没来得及去书里寻找答案,就与战友

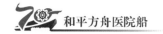

们投入了一场紧张的"战斗"。

南海,起伏的浪花不再是美丽而浪漫的代名词。此时的张新成希望风平浪静,这样才有利于发现遇险的同胞,这样同胞活下来的概率才可能会更大。

一天过去了,两天过去了,张新成和战友们仍然没有发现遇险同胞的踪迹。心急如焚的他们增加了每班值更的人员数量,"都想尽快找到遇险的同胞"。

10月4日上午,张新成和战友们终于发现了漂流在海上的渔民同胞,所有人都叫了起来:"在那儿! 在那儿!"可是,当同胞随着救援人员回到和平方舟,张新成看到的是前出救援战友脸上难过的表情,这名渔民已经遇难了。

还顾不上悲伤,张新成和其他医护人员迅速将遇难同胞遗体装好。蓝天下,海浪中,和平方舟医院船上的医护人员向遇难同胞默哀。

事后回想起来,张新成说:"真的一点都没有害怕,那是自己的亲人,更何况我是一名海军军人,是一名卫生员,怎么会害怕呢? 只是觉得很遗憾,如果能早点找到他,或许他还有活下去的希望……"

这是张新成第一次面对死亡,也是和平方舟医院船上许多人第一次面对死亡。对这些年轻的水兵来说,战争早已离他们远去,他们几乎不会再面对战争带来的死亡。入列以来的和平方舟医院船,带给人们的是活下去的力量与希望,带给人们的总是健康与欢乐。他们似乎还没来得及去想,如果有一天真的要面对死亡,大家会怎么样。现在,这个问题却猝不及防地砸在了这些年轻人的面前。

不害怕、不退缩、不慌张,和平方舟医院船上的所有人给出了这样的答案。这不仅是他们的答案,也是中国军医的答案,中国海军的答案。作为军医,他们救死扶伤,直面死神,挑战死神。但"假如这一天来临",每一个人都拥有面对死亡的果敢与勇气。

对军人来说,拿起枪冲锋在前是对抗战争;拿起手术刀挽救生命也是对抗战争。他们比谁都懂"战争"的残酷,也比谁都懂生命的脆弱与可贵。正因如此,他们拼尽全力。

张新成从没想过,成为军人之后就经历如此"风浪"。但这个勇敢的内蒙古姑娘却在"风浪"之后变得更加勇敢。她拥有了直面死亡的勇气,即使有一天死亡再次突然而至,她也将毫不畏惧。

(八)

在和平方舟医院船上,有这样一个地方,面积不大,却"容纳"了整个世界——那就是和平方舟医院船的会议室。

在这间小小的会议室的墙壁上,悬挂着几十块来自不同国家的徽章。每一块徽章的背后,都有一段闪光的岁月和一段耐人回味的故事。第一次走进这里的人,都会情不自禁地发出赞叹。这如博物馆般的陈设,大概在中国海军舰艇家族里也是独一份!

都说透过一个人的眼神,可以读出这个人的内心状态。无论是来参加任务临时抽组的医疗队,还是在船上一待好多年的老船员,只要提起和平方舟医院船,他们的眼神中都透露着自信的底色。

和平方舟医院船海上医院护士哈杨出海之前,特意向之前参加过任务的前辈讨教经验。这位年轻的小护士有些担心,"害怕自己给国

◎ 2014年7月22日,正在参加"环太平洋—2014"演习的中国海军和平方舟医院船与美国海军"仁慈"号医院船(张少虎 摄)

家和军队丢脸"。

和平方舟医院船驶进大名鼎鼎的珍珠港,哈杨让同行的战友掐了她一下:"不是做梦,自己真的来到了梦幻的夏威夷!"是啊,这个浪漫的地方是许许多多女生少女时代的梦想之地。

可接下来的时间,哈杨忙得"有点晕头转向",不管是出发前的紧张,还是靠港时的兴奋,早就被繁忙的工作冲到了海滩上。

这,是中国海军舰艇第一次受邀参加"环太平洋"系列演习,也是环太演习举办以来第一次邀请医院船参加。

哈杨永远记得2014年7月5日。那一天,担任外宾引导员的她,要为来自美国、加拿大、挪威、韩国等7个国家的近60名医务工作者提供引导、问询、登记服务。这一天,在和平方舟医院船上将举办"医学交流论坛"。哈杨把这场活动当成自己人生中堪比婚礼的一场仪式,直到接待任务开始前五分钟,哈杨还在对着镜子练习"标准笑容"。

"我的笑容放在平时只是个普通的表情，可放在今天的和平方舟医院船上，那就是咱们中国的表情。"如今，再次回忆起"环太平洋－2014"演习，哈杨眼中都是掩不住的自豪，"很多人都是慕名而来的。"

连续几年的"和谐使命"系列任务和2013年在菲律宾实施的人道主义灾难救援，让和平方舟医院船在国际上声名鹊起。当主办方组织参演各国医务人员参观几艘舰船时，和平方舟医院船的"点赞数"远远超过美国"仁慈"号医院船和"佩特利乌"号两栖攻击舰，成了大家参观的首选。

"和平方舟"成了2014年珍珠港里的热词，和平方舟医院船在那一年成了享誉中外的"明星舰"。时任美国海军第三舰队医疗主管、环太演习联合指挥所医生提姆西·希曼带领演习卫勤能力评估组在参观了和平方舟后感叹："医院船总体设计的科学性、医护人员的专业性和医疗设施的完备性，给我们留下了极为深刻的印象。"

美国"仁慈"号医院船整形外科医生戴维德·佛伦在医学交流论坛结束后，在人群中搜索着一名中国医生。当看到正要离开的中国外科医生张剑时，他一个箭步上去"拦住"了张剑。原来，张剑所作的《损伤控制手术和再生医学技术》的学术报告，让戴维德产生了共鸣，他没想到"中国军队外科医生在再生医学领域的研究水平与美国处在同步阶段"，他想"与这名中国医生深入交流"。

同样是来自美国"仁慈"号医院船的军医尼古拉斯·罗斯则被中国的"玻璃罐子"深深吸引。他从没想过，一个玻璃罐子可以看病救人，在身上"拔一下，就能祛除体内淤积的湿气寒气，太神奇了！"不光

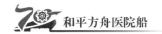

是尼古拉斯·罗斯，在"环太平洋－2014"联合军演中，和平方舟医院船特地举办了中国传统医学培训，来自加拿大、美国、新加坡等国的近20名军医在中国大白船上，亲身感受了中医的神奇魅力。海上医院院长孙涛不时客串"教练"，在休息时教大家打两下太极拳。美国海军医务局局长马修·内森在参观和平方舟医院船时，特意来到中医科诊室，"百闻不如一见"，这位美国军官对中医也是啧啧称奇。

在为期一个多月的联合军演中，和平方舟医院船和美国"仁慈"号医院船开展了十多场医学"对话"，不仅如此，两艘医院船还相互派出医务人员到对方医院船"见学"。4天的工作生活体验，中美两国医务人员"一起训练、一起工作、一起生活"，以最直接的方式认识彼此、了解彼此，在战地救援组织模式、人道主义灾难救援经验、疑难案例处置方式等等问题上深度交流，深度切磋。

◎随和平方舟医院船参加"环太平洋－2014"演习的舰载救护直升机在太平洋海域进行例行性飞行训练(琚振华 摄)

那一次任务归来，和平方舟医院船的外事参谋钱程晒出了自己每天拟制的工作计划。计划表上，文字、圆圈、箭头等符号密密麻麻。钱程是负责与外军协调的联络官，他的计划表往往是做好之后，还要经历"二刷""三刷"，甚至更多的变动。

据统计，在"环太平洋-2014"联合军演中，和平方舟医院船先后与美国、加拿大、澳大利亚等11个国家的医务人员围绕军事医学训练、军事行动中的医疗救助等20个主题深入探讨，接待了包括美国海军医务局局长马修·内森、美国第三舰队司令肯尼斯·佛洛依德、韩国参演编队指挥官尹政相等在内的各参演国20批次1228人登船参观。美联社、路透社、简式防务、德国公共广播联盟等20多家媒体的50多名记者7次登船采访。

（九）

耀眼的灯光让一方小小的演讲台成为全场的焦点。站在演讲台上，杜昕话音刚落，台下就响起了热烈的掌声。

就在刚刚，杜昕在"环太平洋-2016"军演多边医学论坛上，作为两名中方发言代表之一，与世界上10多个国家的100多名海军医学专家分享了自己的心得体会。

上台之前，杜昕一直在深呼吸，一直不断地给自己做心理暗示。毕竟，像这样的多边论坛，无论规格还是人数，在世界军事医学范围内都是首屈一指的。能作为上台发言的嘉宾之一，是一种殊荣，也是一种挑战。"医者非医。医生的工作不能局限在专业本身，更需要为未

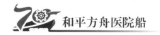
来人道主义救援行动做出贡献。"杜昕是一名妇产科医生,曾多次随和平方舟医院船参加"和谐使命"医疗任务,现在,他把自己的心得体会分享给在场所有人。当演讲结束,听到台下真诚热烈的掌声,杜昕有点悬着的心总算放到了肚子里。

傍晚,杜昕站在和平方舟医院船的甲板上吹着海风,欣赏着珍珠港的日落。这绝对是世间最美的景色之一。夕阳下,一条条战舰绽放着银色的光彩,仿佛即将登台表演的舞者,正随着起伏的海浪做着登台前的准备。

杜昕耳边不时传来觥筹交错的声音,不同的语言也时不时钻进他的耳朵里。此刻,和平方舟医院船上正在举行医学专场甲板招待会,美、澳、法、韩等多国医务人员聚集在这里。大家三三两两凑在一起,显然,白天多边论坛的讨论让这些医学专家们意犹未尽,虽然说着不同的语言,但他们的讨论仍然热烈欢快。杜昕的"放空"时间只进行了一分钟不到,就被几位高鼻梁的外国医生打断,他们对和平方舟医院船很感兴趣,他们想从杜昕那里多了解一些关于医院船和中国医学发展的情况。

时隔两年,夏威夷再次迎来世界目光的关注——"环太平洋-2016"联合军演在这里举行;时隔两年,珍珠港再次迎来中国参演力量——中国海军派出导弹驱逐舰西安舰、导弹护卫舰衡水舰、综合补给舰高邮湖舰、和平方舟医院船、综合援潜救生船长岛船组成舰艇编队,同时派出3架舰载直升机、1个陆战分队、1个潜水分队,共1200余名官兵,这也是中国首次派出专业的援潜救生船参演。

和平方舟医院船在珍珠港内不算是陌生人,两年前,它就作为中方参演舰艇之一参加了"环太平洋-2014"军演，并在演习中收到了最多的"爱心加关注"。虽说"一回生二回熟"，但对于这样的军演，和平方舟仍高度重视。

那一天，演习海域上空阴云密布，和平方舟医院船的飞行甲板上还留着雨点洗刷的痕迹。站在直升机库内的机长倪鹏远双手交叉抱臂，等待着指挥组的命令。

浪涌越来越大，即使是万吨级的和平方舟也开始不规则地摇晃。倪鹏远和机组登上直升机，与机务人员相互伸出大拇指，一点头，旋翼加速，直升机腾空而起。机舱内，乘坐着海上医院的医务人员，他们将一同前往预定海域，营救"受伤"人员。与此同时，和平方舟医院船放下两艘小艇，与直升机航向一致。一场海空立体搜救开始了。

"发现目标！"

"开始组织营救！"

"正在处理伤口！"

"该'伤员'生命体征平稳！"

和平方舟医院船主平台的指挥室内，不断传来前方的汇报。于大鹏听着汇报，脸上依旧看不出任何表情。这位曾带着和平方舟走过亚非的船长，如今作为医院船的指挥员再次出现在船上。对和平方舟，他"有信心、有底气"。

10分钟后，倪鹏远机组搭载着第一批3名"伤员"回到医院船主平台。等候在一旁的医务人员有序地跑向机门，头发被旋翼卷起的风吹起。直升机再次起飞，小艇也一次接一次往返于"事发"海域和医院船之间。

就在一切救治在有条不紊地进行时,指挥室内,海上医院院长孙涛和于大鹏对视一眼,朝对方点了点头。然后,孙涛拿起对讲机说:"'伤员'为外国籍,需用英语进行交流。"

正在进行检伤分类的医务人员在原地愣了一下,但几乎就是在下一秒,他们口中的中文全部切换到了英文"频道"。一名"伤员"骨折,需要马上进行固定手术;另一名"伤员"大面积烧伤,需要紧急清理创面;还有一名"伤员"已经被推进手术室,在风浪中接受治疗……所有医务人员紧张忙碌,所有的忙碌有条不紊。

和平方舟医院船再次凭借实力在军演中"圈粉"。

东海舰队某部领导张宪星在"环太平洋-2016"军演之后,写过这样一段话:

> 从鸦片战争到甲午战争,多少列强凭着坚船利炮,一次次轰开有海无防的孱弱国门;从林则徐、严复到梁启超、孙中山,多少志士仁人面海而立、苦苦思索。海防,简简单单两个字,却如一柄达摩克利斯之剑悬在中华民族的头顶。直至人民海军创立、发展、壮大,才在辽阔的中国海树立起令敌胆寒的铜墙铁壁。……忘不了,一场场难忘的中外交流,我军官兵自信展示风采——Sharkey剧院的医学专题研讨会上,年轻的中国军官以一口流利英语与各国专业人士侃侃而谈,大国海军的国际化素养让人敬重;在舰艇开放日,我方医务人员详细地讲述历次"和谐使命"的医疗服务成果,人民海军的人道主义精神赢得外国参观人

员的由衷敬佩;医学专场甲板招待会上,外军医务人员对中国美食、中医文化频频点赞,五千年璀璨文明令官兵们无比自豪……

这名亲历了"环太平洋－2016"军演的中国海军军官,在一场演练中感受国之强大,感受责任担当之重;而经历了两次"环太平洋"联合军演的和平方舟医院船,在实力"圈粉"的同时,也不断更新着自己的"软件"。但,无论医学技术如何更新,医疗手段如何迭代,和平方舟医院船的"内核"始终不变。

(十)

无论是连续参加两次实战救援的 2013 年,还是参加了"环太平洋"联合军演的 2014 年和 2016 年,抑或是与马来西亚共同举行实兵联演的 2015 年,这些岁月,每一天都值得和平方舟医院船铭记,因为这都是镌刻在它成长年轮上的重要痕迹。和平方舟医院船在一次次任务中的完美表现,也将自己的成长年轮画得圆润而丰满。

这一次次救人于危难的"关键时刻",一次次展现中国海军风范的"关键时刻",都成为和平方舟医院船的"高光时刻"!

一支军队的自信,需要用胜利来建立。

对于和平方舟医院船来说,自信同样来源于胜利——中国人民解放军海军成立 60 周年多国海军活动、西太平洋海军论坛、医疗服务万里海疆行、中俄联合海上军事演习、中马"和平友谊－2015"实兵联合

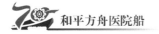

演习、"环太平洋"联合演习、上百次与多国海军开展海上救援演练、一次次"和谐使命"系列任务……在中国海军的"光荣榜"上，和平方舟绝对是浓墨重彩的一笔。大国海军的国际风范，也在一次次胜利中愈发明显。

>>> 第八章

闪耀世界，他们是深藏于船内的幕后英雄

苍茫的朱日和草原上，一行四人挎着沉甸甸的工具箱，行走在耀眼的阳光下。

老兵彭波友走在队伍最前面。休息间隙，他仰起头，眯着眼，深吸一口气，贪婪地吸了一大口清新空气。此时的朱日和草原，正经历着一年中难得的好天气，正经历着"大战"前的宁静。作为朱日和训练基地某通信保障连的一名士兵，彭波友和战友们要做的，就是在演习打响前，将通信光缆维护好；在演习打响时，随时听候召唤。

莽莽深山，丛丛密林。火箭军某部一处通信指挥洞库内，空调班班长吉玉龙正带着战友检修设备。额头上的汗水顺着脸颊滑落，身上的军装早就湿透，但"掌控"着洞库温度、湿度、风速变化的吉玉龙，仿佛全然不知。这方狭小的天地，就是阵地通风专业官兵的战场。

平均海拔5000多米的唐古拉山，被誉为"雄鹰也难以飞过的地方"。武警西藏总队那曲支队班长王大牛和战友们战斗在这里，守

167

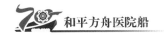

护着青藏铁路。毒辣的阳光，将这群士兵的脸庞镀上了一层古铜色。火车呼啸而过，车窗内，一对情侣举起相机拍摄巍峨雪山，满眼笑意；车窗外，王大牛和战友们面向列车挺拔而立，敬了一个庄严的军礼。

当一辆辆战车卷起尘土，当炮声隆隆震颤耳膜，当火车呼啸而过驶向天边，鲜有人会注意到这些默默无闻的士兵的存在。他们就如同站在华丽舞台的幕后。当我们掀开红色幕布，走进舞台深处，我们看到的是一张张鲜活的、洋溢着满满斗志的士兵面孔。他们是平凡的，却又是最不可或缺的。

在和平方舟医院船上，也有这样一群人——他们经历了和平方舟医院船的每一次任务，或者说，因为有他们，和平方舟医院船的每一次任务才能圆满完成。当抽组的海上医院的医务人员离开大白船，他们依旧守在船上。

当和平方舟医院船每一次闪耀在世界舞台，当医务人员接受来自国内外民众的点赞与拥抱，他们总是默默地、温情地注视着一切。

和平方舟医院船是他们的家。他们，是深藏于和平方舟医院船内的幕后英雄。

（一）

不远处的岸上，传来阵阵音乐的声音。虽然听不清楚到底是什么曲子，但还是能识别出乐曲的欢快节奏。

站在和平方舟医院船船舷两侧的医务人员，身着整洁的"浪花白"，眼瞅着陆地一点一点在自己眼中放大，刚刚还听不清楚的乐曲，此刻也能听出是那首经久不衰的《歌声与微笑》。

岸上的人群看到和平方舟医院船越来越近，欢呼声也越来越大，手中那一面面小小的五星红旗也摇得愈发热烈。

2013 年 10 月的一个明媚上午，执行完"和谐使命－2013"任务的和平方舟医院船返回舟山某军港。船舷上站坡的医务人员，岸上迎接他们的战友亲人，此刻心中都只有一个声音："终于回家了！"

不过，在和平方舟医院船的船舱内，却是另外一番景象——

驾驶室内，和平方舟医院船船长于大鹏正在下达一系列指挥口令，一道道命令如同一条条缆绳，精准地套住码头上的石墩，将和平方舟医院船拉回陆地。所有船员全神贯注，口令声、发报声充斥在驾驶室内，与外面的热闹场面形成了鲜明的对比。但对于于大鹏来说，看不到欢迎的人群，他并不遗憾。因为正是在他们的操控下，和平方舟医院船才能稳稳地回到岸边。因此，这个时候往往是于大鹏最忙碌的时候。

于大鹏，和平方舟医院船的首任船长。接到任职命令，于大鹏一连几天都把自己关在屋子里。"就像是交给你一张白纸，上面写的每一个字都要慎重。"于大鹏这样理解"首任"的职责，他觉得，和平方舟医院船的历史将要由他开始书写，写好写坏，首任船长责任重大。

站在办公室的世界地图前，已过不惑之年的于大鹏又想起了 20 多年前的那个约定。

于大鹏是个地地道道的东北汉子，从小没看过大海，可是每次电视里出现大海的画面，他总是看得出神。高考时，于大鹏和两个要好

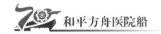

的哥们儿一起报了军校。"咱们陆、海、空各占一个怎么样？以后，咱哥仨就是这儿最牛的组合了！"好哥们儿开玩笑说。但事实上，他们三个人也真是这样报考的，从小看见大海画面就出神的于大鹏，就这样走进了大连舰艇学院。

军校的学习生活，让于大鹏对大海的向往又增加了不少。只是，于大鹏想到了大海的波澜壮阔，却没料到自己在这波澜壮阔中的窘态百出。1989 年，于大鹏被分配到某军舰实习。和很多人一样，于大鹏兴奋得一宿没合眼。但一出海，于大鹏蒙了——起伏不定的浪花让这个年轻的小伙子吐得"肝肠寸断"。

于大鹏早就听说过一句关于晕船的顺口溜："一言不发，二目无神，三餐不进，四肢无力，五脏六腑，七上八下，久（九）卧不起，十分难受。"这一回，他彻彻底底地知道了，这顺口溜里的每一个字都是前辈们"吐"出来的。一连几天，于大鹏吃了吐，吐了吃，可晕船的症状还在持续。他曾听船上的老士官说，风浪大的时候，连老鼠都会晕到跳海。那时的自己，"真的是跳海的心都有了"。

那段日子里，沮丧和绝望一点一点瓦解着于大鹏对大海的憧憬与幻想，迷茫和失落让大鹏一点一点消沉。就在这个时候，于大鹏接到了一个电话。

"大鹏，咋样？坐着军舰出海是不是贼带劲？"电话那头，是分到陆军的哥们儿，他语气里的兴奋让于大鹏哭笑不得。

"啥呀，我真是死的心都有了……"于大鹏沮丧地向哥们儿吐露了晕船的经历。

哥们儿听了，在电话那头沉默了几秒钟，接着说："大鹏，你真是不容易，遭了这么大罪。不过，再难受你也得忍着，咱哥几个谁都不能怂！别忘了咱们的约定啊！"

挂断电话，于大鹏靠在墙上半天没动。再次出海，于大鹏依然和上回一样吃了就吐，可是，这一次他选择吐也不躺下，吐也要在战位上吐。为了陆、海、空缺一不可的约定，于大鹏跟自己较劲，终于，一个多月后，他的晕船彻底被克服了。而他整个人也瘦了一大圈，用他自己的话说这是"脱胎换骨"。

时隔多年，如今的于大鹏经过大海的洗礼，早已变得沉稳老练。可接任中国首艘专业化医院船这样的重担，着实让他心里有些没底。远处海面上，几艘渔船一晃而过，于大鹏闭上眼睛，在心里对自己说："陆、海、空缺一不可。"

话还是那句话，可经过时间的淬炼，话的含义早已发生了改变。曾经"最牛组合"的约定早就成了现实，现在，于大鹏心中的"缺一不可"有更深更广的意味，这也是和平方舟医院船之于中国海军走向深蓝的意义。

在接任和平方舟医院船船长之前，于大鹏曾在万吨级补给舰882鄱阳湖舰上担任副舰长，而再往前的经历，他却只能算是一名"黄水"海军。1999年，于大鹏调任上海某基地勤务大队东油632船船长，"那时候的主要任务就是在黄浦江的航线上跑"。常常是在东边装完油，再卸到西边，卸完之后再回东边装油。

这段航程只有短短20海里，但这20海里的水路跑起来却并不轻松。黄浦江里来往船只的密度，繁忙时可以和上海主干道上的车流相提并论，密度如此之大，但航道却又十分狭窄。因此，在黄浦江里操

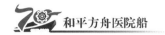

船，稍有不慎就可能发生碰撞，甚至可能发生沉船事故。

作为"船老大"，于大鹏掌握着全船的命脉。也是从那时起，沉着冷静、思想高度集中、熟练掌握船上的设备、及时恰当地处置海上的情况，于大鹏的各项"技能包"开始升级。曾与于大鹏搭班的时任和平方舟医院船政委姜景猛这样形容于大鹏："有时候，他好像是在漫不经心地散步、聊天，实际上他是在观察这个地方、这片港区的情况。哪怕是风向变化一点，他都能感知得到。"

正是有了"黄水"海军的经历，于大鹏对走向深蓝有了更加深刻的认识；也正是因为这段游弋于黄浦江上20海里航道的经历，让于大鹏日后驾驶和平方舟走向世界的步伐从容稳健。

"和谐使命－2010"任务是和平方舟医院船入列以来第一次走出国门，也是中华人民共和国成立以来，海军舰船首次单船横跨太平洋。

这一天，按照计划，和平方舟医院船将停靠孟加拉国。但看似简单的靠港，实际上充满困难与挑战。

孟加拉湾是一个内水水道，海水与内水相接，与上海的黄浦江有几分相似。但孟加拉湾弯道多，有的弯道甚至达到130度，几乎是刚过这个弯，下个弯就接踵而来，差不多是要掉个头才能进入下一个弯道。而掉头的区域又很狭窄，哪怕是一点点操作上的失误或偏差，都有可能造成难以挽回的损失。对普通船只的考验尚且如此，对和平方舟医院船这样的万吨级大船的考验就可想而知。

和平方舟医院船缓缓驶进第一个弯道，驾驶室内的气氛一下子紧张起来。于大鹏坐在船长椅上，全神贯注地盯着前方，目光锐利，在他黝黑的脸庞上，似乎难以察觉到任何表情，但紧接着那一串短促而急切的口令却让每个人都能听得出他胸有成竹。

当和平方舟医院船上站坡的医务人员听到来自孟加拉国华人华侨的欢呼，当孟加拉国欢迎队伍跳起传统舞蹈，于大鹏长长地舒了一口气，但是他脸上依旧保持着那样波澜不惊的表情。那一天，如果从天空中俯瞰和平方舟医院船进入孟加拉湾的航迹，绝对称得上完美。一名孟加拉国引水员对于大鹏竖起了大拇指，用不太流利的英文说："你是我见过孟加拉湾水道中最牛的船长。"

每一次任务完成，于大鹏总会在休息时跑到和平方舟医院船的甲板上，打上一通太极拳。这是属于于大鹏独处的时间，也是他思考的时间。

驾驶和平方舟医院船执行医疗出访任务归来，于大鹏总是在船舱里待到最晚的那一个。而在欢迎的人群里，于大鹏的妻子也是最"不着急"的那一个。她知道丈夫此刻正在忙碌，待到人群散去，她才会走上和平方舟医院船去找于大鹏。每每这时，于大鹏冷峻的脸上才会露出难得一见的笑容。妻子会拉着他自拍一张，"嘲笑"他又变黑了，笑容不自然。但其实她知道，这是于大鹏最发自内心的笑。

在于大鹏的笔记本上，写着这样一段话："视战舰为生命，战舰才会有生命。以大海为人生，大海才能写人生。"作为和平方舟医院船的第一任船长，于大鹏从开始就把这艘大白船视作自己的孩子，也从开始就赋予了和平方舟从容沉着的性格。曾让他憧憬又畏惧、畏惧又向往的大海，洗礼了于大鹏的人生，也打磨着和平方舟的岁月。

◎ 2015 年 11 月 29 日，"和谐使命－2015"任务副指挥员于大鹏向外国小朋友介绍和平方舟宣传图册(江山 摄)

（二）

老班长丁辉笑称自己来自"驻港部队"。驻香港部队吗？不。在来到和平方舟医院船之前，他一直在舟山岛附近海域"转圈圈"。以前，他心中的大海就是黄色的，能随着和平方舟医院船走向远海、出国访问，他觉得自己"真是赚翻了"。

丁辉是和平方舟医院船上的"元老"，从 2008 年接船出海至今，没有一次任务落下过他。这个机电老兵在和平方舟上还有个响当当的绰号——价值十万美金的男人。

2017 年，塞拉利昂的埃博拉疫情还未完全消退，和平方舟医院船缓缓驶进弗里敦港。在医务人员深入疫区为当地民众提供医疗服务的时候，位于和平方舟医院船最底层机电舱的丁辉也没闲着——当地唯一一辆快艇牵引车坏了，技术人员向中国海军求助，丁辉受命成了"修理工程师"。

当沉默已久的牵引车再次发动起来时，塞拉利昂的工作人员都欢呼起来："中国海军太棒了！你替我们国家节省了十万美金！"原来，他们曾求助于另外一个国家的工程师，对方开出了十万美金的维修费用。

丁辉没想到，自己几个小时的工作竟有如此高的价值。这名鲜少参与站坡的老兵，就这样成了整条船上"身价最高"的人。

其实，作为一名机电部门的兵，丁辉和战友们很少有这样抛头露面的机会。大多数时候，他们都"藏"在和平方舟医院船的最底层，但他们却担负着让和平方舟动起来的重任。

在水面舰艇待过的人都知道，整条舰上工作最辛苦、工作环境最差的就是机电兵——高达50摄氏度的高温总是让机电兵们从里湿到外，震耳欲聋的机舱几乎让每个机电兵都成了"联络基本靠吼"的大嗓门儿，常年挥之不去的柴油味儿让他们总是人还没见着，味道先飘了过来。最难受的是常年待在水线以下，阳光成为他们生活中的奢侈品。"登梯的腿，顺风的耳，婆婆的嘴，洗不掉的味儿。"这是海军流传甚广的"老鬼歌谣"。"老鬼"，说的正是机电兵。

虽然环境艰苦，但和平方舟医院船机电兵彭扬帆却一直觉得自己是个幸运儿。2008年，彭扬帆应征入伍；2008年，和平方舟医院船正式入列。年轻的小伙子恰好碰上了新生的和平方舟，于是，在接下来

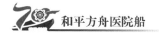
的 8 年中,他的成长步伐也踏上了和平方舟成长的步点,跟上了中国海军快速成长的节奏。

上船后的彭扬帆,也成了和平方舟医院船上的"老鬼"之一。2009年,和平方舟医院船在青岛亮相,参加海军建军 60 周年多国海军活动。那一天,彭扬帆像往常一样在主机舱巡视。手电筒从机器的每个缝隙间扫过,那些外人看起来错综复杂的管路,已经被这个细心的小伙子摸得门儿清。

一天,当彭扬帆走到主机主滑油管旁时,察觉出一丝异样。站定仔细一看,他发现管路正在滴油。当时,和平方舟医院船的主机正在高速运转,主机的管路压力也随之处于高压状态,如果继续发生渗漏,管路随时都可能发生爆裂。彭扬帆几乎是下意识地用手按住了渗漏的地方,然后大吼了一声呼叫一起巡视的战友,请求驾驶室紧急停船。高速运转的主机慢慢停了下来,彭扬帆的手也慢慢离开渗漏的地方。来不及擦一把满是油污的手,彭扬帆和战友马上投入修复焊接工作。

彭扬帆看着和平方舟驶出船坞,驶向大洋。他太清楚机电部门对于远航的和平方舟的重要性,"那就是船的心脏"。看着丁辉老班长他们的行事作风,年轻的彭扬帆似乎也比同龄人多了一分成熟稳重,在同学们张扬青春个性的时候,他默默地沉浸在和平方舟医院船最深处。彭扬帆有时会自嘲:"自己虽是个'90后',却有着'70后'的心。"

东海舰队组织潜水员培训,身为机电兵的彭扬帆报名参加,并获得了潜水员资格。他总把家里老人教育他的话挂在嘴边:"技多不压身。"很快,彭扬帆的新技能就用上了。

在一次航渡过程中,机电部门发现船的尾轴温度有点高,如果想要排查故障必须要潜到海水中。大家把目光投向了彭扬帆，彭扬帆"想都没想就站起来收拾装备"，没有人命令他必须这样做，但他觉得"自己必须这样做"。

彭扬帆乘着小艇来到和平方舟医院船的船尾，他一抬头，发现后甲板上已经站满了人，彭扬帆突然感觉"自己像明星一样"。他低下头，再次整理潜水设备，定了定神，"扑通——"，入了水。

1 米、2 米、3 米……当彭扬帆下潜到 7 米深的时候，尾轴的密封装置出现在他的眼前。就像是即将开启一件重要宝藏的外盒，彭扬帆一切动作都小心翼翼。海面风平浪静。甲板上的人们屏住呼吸，等着彭扬帆出水。

1 分钟、2 分钟、3 分钟……甲板上，不少人焦急地看着手表，那时的每一分钟仿佛都被拉长，有人开始窃窃私语担心彭扬帆的安危，干燥的毛毯早已经准备好，医务人员甚至还拿来了简单的急救设备。

"哗——"

"哦！！！"

两个简单的象声词，足以形容彭扬帆出水后的场景。翻上小艇的彭扬帆对着甲板上鼓掌的人群伸出大拇指——故障排除！而他在水下的 20 多分钟，也创造了中国海军的又一个首次——首次在国外陌生海域潜水对船体进行检查。

"这些铁疙瘩都是有生命的。"2016 年，即将退伍的彭扬帆摸着他护理的主机动情地说，"你对它好，它就温顺、听话。即使偶尔使点小性子，你对它足够了解足够好，你也能很快让它'安静'下来。"这话，是彭扬帆说给船上的新战友听的，其实，这更是说给他自己听的。这

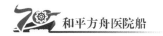

是他对和平方舟医院船最深情的"表白"。

（三）

"张新成,老实交代,你是不是谈朋友了?"女兵张新成刚刚外出回来,就被战友拉到宿舍里"审问"。

"哪有呀!"张新成一头雾水。

"我都看见了,刚才你俩一起走回来,样子别提多亲密了!"战友一脸坏笑。

"哎呀,那哪是我男朋友,那是'烨哥'!"

"啊?'烨哥'?"

"怎么了? 谁叫我?"张新成和战友正说着,宿舍外传来一句搭茬儿。张新成越过战友肩膀一瞧,是"烨哥"没错,于是赶紧说:"烨哥,你快背过身去!"

刚刚走进宿舍的"烨哥"被弄糊涂了:"你们到底是找我还是不找我啊?"

张新成上前一步,把"烨哥"转了过去,马上问战友:"你看,是不是她!"

战友乐了:"原来还真是你小子!"

这个被战友们当成了男兵的人,在和平方舟上有个霸气的绰号——烨哥。但实际上,"烨哥"是个女生,她还有个好听的名字——黄芳烨。

2011 年,黄芳烨拎着行李、扛着背包,和许多人一起走进了海军方阵。那时的她和现在一样，也留着一头短发，以至于从一开始就有人把她当成男兵。一年后，黄芳烨作为海军首批上舰女兵走上了和平方舟医院船。也是从那一年开始，黄芳烨的人生轨迹发生了变化。

初上和平方舟，大家都拿这些女兵当小妹妹一样照顾。可是没多久，船上的人就发现，黄芳烨似乎有些"与众不同"：别人的个人物品包里装的擦脸油、芦荟胶和面膜，她的包里装的却是小投影仪、MP3以及各种各样的线材。不仅如此，黄芳烨还有两个"宝贝"箱子，战友们以为她带了什么值钱的家当，可打开一看全都傻了眼。箱子里都是黄芳烨存放的小钳子、小扳手、螺丝刀以及各种各样的修理工具。

光有工具不算什么，黄芳烨是真的会用。和平方舟医院船第一任船长于大鹏那时候总是好奇，"一个女孩子总揣个扳手干啥"。时间长了，不仅是于大鹏，船上所有人都知道了，只要看到船上哪儿需要拧拧螺丝、小修小补一下，黄芳烨都会随时出现。

但真正让大家震惊的并非是她的修理技能。在和平方舟医院船执行"和谐使命"系列任务、参加"环太平洋"军演等过程中，黄芳烨在理论考核、打绳结、个人防护器具穿戴三项基础技能比武中，力压群雄，拔得三项头筹。在这个不分男兵女兵的比武中获胜，黄芳烨彻底征服了船上的所有人。从那时起，"烨哥"的名号不胫而走，也是从那时起，黄芳烨的人生像"开了挂"一样。

和平方舟医院船上保存着这样一张照片：在一次为亚丁湾护航舰船提供医疗服务时，一名荷兰女水兵驾驶着冲锋小艇，在亚丁湾的风浪中穿行。小艇上，载着的是这名荷兰女兵的战友，她要将战友送上和平方舟接受治疗。那一天，亚丁湾风急浪大，荷兰女兵却像是航行

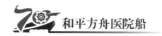

在平静的湖面般淡定。她无所畏惧的表情刚好被摄影师抓拍了下来。

这张照片在和平方舟医院船的女兵中引起了不小的骚动,黄芳烨盯着照片看了老半天说:"老牌海军确实名不虚传。不过,我也行!"

黄芳烨的话绝对不是说着玩儿的,机会出现在了2014年的9月。那时,和平方舟医院船首访瓦努阿图,因为船太大,无法靠泊港口,任务指挥员决定采用登陆艇转运的方式运送医生和伤员。可当时船上只有3名老班长可以熟练地驾驶小艇,每天上千人的转运需求完全无法满足。

"让我上吧!"这时候,黄芳烨站了出来。

任务指挥员看看眼前这个假小子一样的女兵,有点犹豫。"首长,您放心,我一定完成任务,绝对不给咱和平方舟丢脸!"

站在黄芳烨一旁的老班长开口了:"首长,我觉得她没问题。您想想,她可是连男兵都能赢的人呀!"

从和平方舟医院船锚泊的海域到瓦努阿图港口,只有不到10海里。坐在小艇上,黄芳烨右手紧紧握着操纵杆,眼睛直直地盯着海面。"没事,放轻松!"老班长拍拍黄芳烨的肩膀。

被小艇掀开的海水朝两侧荡开,很快又合起来碰撞出细小的水花。高速航行的小艇把风也撕开一道口子,黄芳烨想:"这就是乘风破浪的感觉吧!"

一连好几天,黄芳烨都在担任舵手的角色。她接受着来自医务人员和瓦努阿图民众的感谢,但可能很多人都不知道,墨镜遮挡下竟是个20来岁的姑娘。

那年,原防化班长退伍了。船上领导考虑再三,决定让黄芳烨接过班长的担子。大家都以为黄芳烨会一口答应，没想到她却犹豫了。船上领导问她是否有什么困难，黄芳烨第一次开口向组织提了"条件"："去防化班没问题，但是我还想继续开小艇，您能答应吗？"领导被这个耿直可爱的假小子逗笑了："没问题！大海从来都不会抛弃一个优秀的舵手！"就这样，黄芳烨成了和平方舟医院船上最年轻的班长。

在很多人看来，黄芳烨似乎已经走上了"人生巅峰"，但黄芳烨接下来的表现让所有人看到了什么叫作"人生开挂"。

"环太平洋-2016"军演结束后，黄芳烨被推荐参加当年10月的防化专业集训。当时，留给黄芳烨的时间只有一个月。然而，推荐她的人并不知道，黄芳烨还报名参加了第二批兼职女潜水员培训。

张新成看着黄芳烨是如何度过这一个月的，她总是心疼地抱住黄芳烨，告诉她别太难为自己。黄芳烨这时总是会表现出难得温柔的一面，在闺蜜面前轻轻叹息，然后咧嘴一笑，继续干活。

时间过得飞快。那一天，和平方舟医院船的文书拿着"喜报"冲进了船长郭保丰的办公室："'烨哥'太狠了！"郭保丰接过文件一看，嗬！单项考核第三名！"这个小丫头可真是不简单！"

不简单的事可不止于此，在取得防化专业集训单项考核第三名之前，黄芳烨顺利通过了考核，成为海军为数不多的兼职女潜水员。

考核之后，多项专业技能加持的黄芳烨身着迷彩、戴着墨镜、端着枪，拍了一张单人照片。这张酷酷的照片背后，是黄芳烨不知疲倦的付出。"要想人前显贵，就得人后受罪。"黄芳烨把家里人告诉她的这句老话始终记在心里，并且成为一个最朴素的实践者。

当然,酷酷的"烨哥"不光"沉迷"于专业训练。放下防化武器,黄芳烨还玩得一手好乐器。不论是中外联谊还是甲板晚会,战友们总能看见黄芳烨站在队伍中。那时的她,才会穿上"平时根本不穿的裙子"。

每一段"开挂"的人生经历,背后都是超越常人的默默坚持与艰苦付出。在黄芳烨的身上,我们可以看到一个最最朴素的人生哲学:所谓的"人生开挂",不过是厚积薄发。

但当有人这样称赞黄芳烨时,她却总说:"我就是想当个好兵。"

(四)

2015年9月,北京天安门广场。盛大的纪念抗战胜利70周年阅兵式让所有人又"燃"了一把。

坐在和平方舟医院船内收看电视直播的梁佳晨,也看得激动不已、热血沸腾。

梁佳晨是和平方舟医院船上的一名制冷兵,肩上挂着"两道拐"。

两年前的9月,梁佳晨在家人的催促下走进了海军方阵。刚来时,梁佳晨天天盼着日子快点过。那时,梁佳晨的手机里装载着各种各样的游戏。刚开始,梁佳晨想方设法藏手机,"就盼着有个空档来升级游戏装备"。

来到和平方舟医院船,梁佳晨和两名战友构成了医院船制冷班的全部。在他们3个人的手中,掌握着全船的空调通风和冷库温度调节。"调节温度?"梁佳晨有些沮丧,本来以为自己会掌舵开船闯大洋,如今却是从"海景房"(驾驶室)到了最底部的"冷宫"(制冷室),他觉得"现实太骨感"。

但很快，他发现自己所在的"冷宫"对和平方舟来说有多么重要。"你别看就这么几台机器，如果出了问题，不仅船舱会变成'蒸笼'，就连吃饭都成问题！"梁佳晨颇有些得意地说。空调通风和冷库温度调节对于常年航行在大洋上的和平方舟医院船来说，是必须条件。能够成为中国海军战舰里不可或缺的一环，能够成为别人眼中重要的存在，让这个"90后"小伙子满足感爆棚。

梁佳晨也说不清楚自己从什么时候开始爱上了这座"冷宫"，他只知道，当他再次打开手机，那些等待他升级的游戏装备吸引力不再，他会细心搜索关于制冷和温控的知识，以备不时之需。

梁佳晨有时会讶异自己的改变，但对于这样的改变，他和他的父母都欣然接受。那个从前只知道关心自己的"叛逆少年"，现在在打电话的时候总会把家里每个人的近况都问个遍：爷爷奶奶的身体好不好，爸爸妈妈做生意奔波劳碌要多注意……

"9·3"阅兵式刚过不久，和平方舟医院船再次踏上征途。这一年的中秋节，梁佳晨在"冷宫"里值班，看不到天上的圆月，也没看到甲板上的中秋晚会，闪烁的指示灯构成了他节日的全部。但梁佳晨觉得自己真酷！

在和平方舟医院船执行任务时，船上很多时候都有"外来户"。东海舰队海洋水文气象中心总工程师董克慧，就是和平方舟医院船在执行"和谐使命－2011"任务时的"外来户"。当时就已经挂着两杠两星军衔的她，每天都在和气象水文打交道，通过数据搜集，为和平方舟的航行提供建议。船上的年轻人都把这位观天测海的女中校称为"女诸葛"。

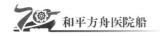

和平方舟医院船执行"和谐使命－2011"任务之前,一股强劲的热带风暴就已在太平洋上形成。董克慧每天盯着气象卫星云图,不断观察着热带风暴的变化。

"董克慧,你的建议呢? 走还是绕? 还是直接就先停下来?"会议室里,任务指挥员问董克慧。董克慧并没有马上回答,而是拿出了航行几天来她搜集到的数据。根据这些数据,董克慧建议,拉高速通过宫古海峡,接着再向南修正航线。

"你有多大把握?"任务指挥员又问。

"没问题。"董克慧的回答干脆利落。

广阔的太平洋常常是无风三尺浪。这股强劲的热带风暴已被命名为"洛克",和平方舟医院船不仅是在和"洛克"抢时间,更是在和大自然作斗争。那一天,坐在办公室里的董克慧一直很安静,这是对她的考验,她已经打出了自己手中的"牌"。同一时刻,和平方舟医院船上的许多人都在航海仪器上亲眼看见了自己是如何与台风擦肩而过的。看着自己渐渐远离"洛克"的影响区域,大家都松了一口气。

办公室内的董克慧端起水杯,水到嘴边,她只轻轻抿了一小口。她担心喝水太猛太多,五脏六腑又要翻江倒海。虽然远离"洛克",但它的影响却仿佛已经波及了大洋的每一朵浪花。9级的大风、4米高的浪头,把和平方舟医院船抛上浪尖,又摔入谷底。医院船在巨浪中穿行的壮阔场面,实际在挑战着船内人的生理极限。董克慧已经不记得自己扔掉了多少个塑料袋,只有手边一直没有吃掉的晕船药还在告诉大家,这位"女诸葛"是在何等难受的情况下还在坚持工作。

心有猛虎而细嗅蔷薇。做气象预报,不仅要有胆量,还得细心。

和平方舟医院船航行至东北太平洋前,细心的董克慧又发现了云团的变化。她大胆推测,这两团不断加强的云团很有可能发展为飓风。董克慧再次向指挥员提出修改航向的建议。有了上一次的成功经验,大家对董克慧的判断都深信不疑。果然,在和平方舟调整航向后不久,两个云团便发展成了当年极具破坏力的飓风"欧文"和"霍瓦"。

董克慧总会带着她各种各样"好玩的"测量仪器在甲板上观测气象水文。每到这时,和平方舟医院船上的医护人员和休更的船员都爱凑到她跟前去看看,董克慧总会耐心地回答他们各种各样的问题。隔行如隔山,这些"好玩的"仪器配合着董克慧完成气象观察,为和平方舟医院船前进的航向提供建议。

就在和平方舟医院船准备离开古巴时,西加勒比海上,二级飓风"丽娜"开始兴风作浪。和平方舟即将赶赴下一站牙买加,所有气象预报的结果都显示"丽娜"将会朝着西北偏西的方向肆虐。但敏锐的董克慧提出另一种飓风的走向:"丽娜"将在24小时内转向西北方向。

西北偏西,西北方向,在很多人眼中,这两个方向几乎没有什么差别。但对于航海的水手来说,方向哪怕只有几度偏差,都可能会导致截然不同的结果。就像这一次,如果和平方舟继续按照原定计划航行,将很快进入到"丽娜"的"埋伏圈"。

和平方舟医院船的航向再一次因为董克慧的建议而修正,那一天,他们将飓风"丽娜"远远地甩开。

因为对天气的精准预报,和平方舟医院船上的人对董克慧都佩服有加。每当听到别人的夸赞,董克慧总会不好意思地推推鼻梁上的黑框眼镜,莞尔一笑,说句"过奖了"。事实上,无论是任务指挥员,还是

◎ 和平方舟医院船女兵在大洋上操纵舰艇（张标 摄）

船上的普通水兵,对董克慧的夸奖都不是"过奖",每一个航行在大海上的人都知道,船上那个能"观云测海"的人,有时能决定这条船到底能够航行多远。

走进董克慧的屋子,会发现她的桌上和床上都堆满了书籍和资料。出发前,她托北京的朋友专门到北京图书大厦买来十多本气象水文专业书籍。从网上搜来的资料一律用五号字体打印出来,密密麻麻,一页又一页,上面还有很多她做的记号。除了这些书和资料,在她的房间里似乎很难再找到其他物品。她带的化妆品也十分简单,用她自己的话说,不麻烦。

没有一个女人是不爱美的。只是,当她遇到了更重要的事情,美,就会暂时变成玻璃柜中的洋娃娃。短发的董克慧总给人一种干练、利索的印象,其实,这就是属于董克慧的美。

（五）

"和谐使命－2018"任务结束，和平方舟医院船在 2019 年新年伊始回到了舟山。船上的人们拥抱、握手，相互致意道别。

"船长，一起合个影！""船长，我们会非常想念'大白'的。"……离开和平方舟医院船时，临时抽组的海上医院的医护人员这样对郭保丰说。

从 2008 到 2018，许多人来到这里，又离开这里。这艘身披红十字的大白船上沉淀了太多人的太多欢笑与泪水。

每一次任务执行完之后，望着大家离去的背影，船长郭保丰总有种怅然若失的感觉。每每这时候，他都习惯一个人静静地坐在挂满徽章的会议室里，任凭记忆汹涌翻滚。

郭保丰是和平方舟医院船第三任船长，从 2015 年正式上任至今，已经过了 4 年多的时间。虽然在这 4 年多里，郭保丰不断地在面临相聚、分离，虽然郭保丰曾以为自己已经习惯了告别，但，每次任务结束的时候，都是他"需要重新调整自己的时候"，每次到了这个时候，他也总会想到自己第一次来到和平方舟医院船时的样子。

和首任船长于大鹏一样，毕业于大连舰艇学院的郭保丰开过小"油艇"，上过补给舰。早在 2005 年，首批赴亚丁湾、索马里海域护航任务开始前的三年，郭保丰就曾来到过亚丁湾、索马里海域参与护航任务。

同样隶属于东海舰队，郭保丰早就听说过和平方舟医院船的威名。那时的他，从没想过自己有一天会踏上和平方舟，成为一名"和平

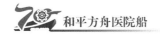

方舟人"。2014 年,时任东海舰队某支队参谋长的郭保丰接到命令:到和平方舟医院船报到,职务是实习舰长。

郭保丰接到命令后,足足愣在那里好几分钟。

"把一艘驰名中外的'明星舰'交给你,你说你的压力大不大?"如今,回忆起当时"愣在原地"的场景,郭保丰记忆犹新。原来,愣在那里并不是不敢相信,而是因为"压力山大"。

郭保丰接手和平方舟医院船的时候,刚刚 36 岁,是历任船长中最年轻的一位。而此时的和平方舟医院船刚刚接连完成了几项大任务:"和谐使命－2013"任务圆满完成、赴西沙搜寻因台风遇险的渔民、赴菲律宾紧急救援在台风"海燕"中受灾的民众。且不说战绩辉煌的 2013 年,从和平方舟医院船正式入列,它就是中国海军战舰家族中的"明星舰"、佼佼者,如此高的起点,郭保丰"压力山大"再正常不过。

不到一年时间,郭保丰通过了舰长全训科目考核,在西太平洋海军论坛、"环太平洋－2014"多国联合军演、"和谐使命－2014"等多项大任务的打磨下,正式接任和平方舟医院船船长。

随和平方舟医院船到访了 3 大洋、6 大洲,郭保丰的视野不断在拓宽。他会被非洲人们"穷开心"的原始状态深深打动,会为汤加、斐济的"慢节奏"感慨,他会赞叹欧洲国家那厚重的仪式感,也会为拉丁美洲"每个人都是天生的歌舞家"所感染……多个国家的地理风貌,多种文化的碰撞交流,所有的感慨都成为郭保丰笔尖下流淌出的一首首小诗、一篇篇散文。

郭保丰是和平方舟医院船上出了名的"文艺青年",航行一路写一路。

"热情融化,乡愁牵挂,童趣往事,清晰依旧,脸上的笑容,灿烂依旧……"

"对于大海来说，每日的潮起潮落、星光渔曲也许是她的少女舞曲，波涛汹涌是她留给天空最美的油画……包容是她的主色调，有容乃大则是她的追求……"

"自己的影子，有时是最好的陪伴；自己的泪水，有时是最解渴的。信仰，是最亮的星星，最有力量的桨。初心，是最单纯的刻度，最简单的帆……"

……

不少和平方舟医院船上的年轻官兵在不知情的情况下，看过郭保丰写的小诗和散文。当得知这一篇篇饱含深情的文字是出自冷面的船长之手，好多人的第一反应都是不敢相信。

可不是吗？工作中的郭保丰呈现出的完全是另外一种状态：干脆利落，不苟言笑。特别是在和平方舟医院船离靠码头的时候，郭保丰常常给人一种不怒自威的感觉。

郭保丰从未注意过自己这样的状态，他只知道，离靠码头是出访时最重要的环节之一。等候在岸上的欢迎队伍、早就架好的电视直播、早早就来排队的华人华侨，靠港的时间，总是精确到几分几秒。在一次又一次的外交磨炼中，郭保丰带着和平方舟医院船磨出了分秒不差的战绩，自己也磨出了一副冷峻面孔。

可跟着和平方舟医院船执行过一次任务的人就知道，这个看起来冷冷的船长，其实是个多才多艺的热心肠。每一次航行途中，郭保丰会带着船员和医生们玩儿乐器、学语言；每一次甲板晚会，郭保丰必定会演出一个节目；每一次送老兵时，前一秒笑着对老兵说"常回家看

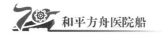

看",下一秒转身怅然若失、甚至偷偷抹眼泪的一定就是他。

郭保丰开玩笑说自己"是个性格分裂的人"。其实,这只是他将工作和生活分别对待的状态。作为船老大,他要带着和平方舟劈波斩浪,保证所有人在风浪中的安全,保证留给到访国完美的形象;作为老大哥,他情感细腻,关心每一个人的生活,用自己的"多愁善感"浇筑着一艘冰冷战舰下的温情。

有人曾说,舰长对战舰的影响是不可估量的,舰长的性格往往就成为战舰的性格。郭保丰的冷酷外表和火热内心,不正是和平方舟医院船的性格写照吗?

在郭保丰宿舍最醒目的位置,挂着几串色彩鲜艳的平安符,这些都是郭保丰的母亲亲手编织的。每次郭保丰准备去执行长航任务的时候,母亲总会编一个给他。淳朴的母亲相信,亲手编织的平安符一定能让儿子平安归来。航渡期间,郭保丰常常在闲暇时,用手抚摸挂在墙上的这一个个大小各异的平安符,抚摸它们,仿佛抚摸母亲的银发,抚摸她粗糙的双手,抚摸她柔软的心。

郭保丰的父亲曾是一名炮兵。母亲有时"抱怨":"操心完老的,现在还要操心小的。"每到这时,郭保丰的父亲总要一本正经地给母亲"上上课",而郭保丰则在一旁笑嘻嘻地听着。这样的场景,对一年中有一大半时间都漂在海上的郭保丰来说是奢侈的。因此,郭保丰格外珍惜在家中度过的每一分钟,那些再细碎不过的生活场景,都是他内心深处最珍贵的片段。

2018年4月的一天,郭保丰的儿子指着电视机兴奋地大叫:"是爸爸! 是爸爸!"那一天的中国南海,战舰列阵,铁流澎湃。和平方舟医院船作为受阅舰艇之一,参加了南海大阅兵。郭保丰接受采访,登上了中央电视台的新闻。妻子听到儿子的叫声,赶紧跑了出来。电视里,郭保丰"黑了,又瘦了",虽然语气里尽显铿锵,但他的样子还是让妻子心疼不已。

在和平方舟医院船上,有许许多多和郭保丰一样的官兵,他们带着来自家人的支持,在蔚蓝大洋上劈波斩浪,把健康和欢乐带到世界每个角落。若我们将镜头对准和平方舟医院船,并不断将焦距拉近,我们看到的是一个又一个平凡面孔。但,正是这些平凡面孔,构成了和平方舟医院船不平凡的精神底色。

看吧!那一张张被烈日镀上古铜色的脸庞,那一道道被海风吹拂过的深深皱纹,那一双双被海水浸泡过的粗糙双手……这,是岁月的痕迹;这,更是他们将责任和使命扛在肩头的见证!

◎ 央吉次仁和古桑卓玛对照专业书籍学习舰艇知识(代宗锋 摄)

◎ 和平方舟医院船抵达古巴首都哈瓦那（代宗锋 摄）

>>> 第九章
有一种感动,叫和平方舟

2018年农历大年初一,一部军事题材的电影在全国各大院线登陆。同一时间段,上映的贺岁档电影还有《唐人街探案2》《捉妖记2》《西游记:女儿国》等等,每一部电影里都是明星云集,每一部电影都在上映前就聚集了很高的人气。因此,这部与贺岁档惯有的喜剧题材并不大沾边的军事电影,并不被业界看好。

然而,两天之后,这部电影"逆袭"而上,口碑炸裂,很多电影院开始调整放映场次,每一场几乎都座无虚席,这部电影成为2018年贺岁档的一匹黑马。春节过后,无论是票房还是口碑,它都成为最大赢家。

这部电影的名字叫作《红海行动》。电影以2015年中国海军也门撤侨事件为蓝本改编,视觉效果炫酷,剧情跌宕起伏,人物个性丰满,那一句"我们接你回家"让所有的观众热血沸腾、大呼感动!

近几年来,无论是通过电视新闻还是影视作品,我们都可以看出这个世界并不太平。在距离我们千里以外、万里之遥的地方战火纷飞,当地的百姓流离失所。没有身处异国他乡,或许我们很难

◎ 和平方舟医院船与执行护航任务的中国海军第六批护航编队顺利会合

体会和平的珍贵,也很难感受祖国的强大对每个人来说究竟意味着什么。《红海行动》仿佛在每个人平静的心中投下一颗震爆弹,它让我们以最直接、最时尚的方式去感受一种情怀,更为中国军人怒刷了一波存在感。

其实对于中国军人来说,"存在感"并不靠一部电影、一部电视剧去刷。特别是对于常年巡航在万里海疆、护航在亚丁湾之上、航行于世界各地的中国海军官兵,这样的热血沸腾是日常,这样的感动更是家常便饭。

如果要选出一艘中国海军战舰作为"感动"的代名词,和平方舟医院船一定是最佳选择之一。从 2008 年入列至今,和平方舟医院船的航迹遍布 3 大洋、6 大洲,航程超过 40 万海里。这艘为世界各地民众送去健康与欢乐的大白船,每一海里航迹中,都印刻着满满的感动与骄傲。

（一）

盛睿方做梦也没想到，时隔8年，她能再回到孟加拉国吉大港。

8年，这里变化很大；8年，这里好像又一点没变——因为就在岸上欢迎的队伍中，盛睿方一眼就看到了"熟人"。

其实，在得知自己将跟随海军舰艇编队执行"一带一路"出访任务时，盛睿方的心里就对再回孟加拉国充满期待——8年前，她跟随和平方舟医院船首次走出国门，在这个陌生的国度，遇到了她的外国"女儿"。

"盛医生！有产妇！"

2010年11月12日，盛睿方刚刚回到医院船上的办公室，正要拿起水杯喝水。"和谐使命－2010"任务开始之后，每一名医务人员都忙得不可开交。谁知，一口白开水还没送到嘴边，盛睿方又被战友叫走了。

"产妇患有先天性心脏病，在当地医院生产时难产。"盛睿方一边疾步下船，一边了解情况。

在当地医院的手术室门口，盛睿方听见了产妇杰娜特痛苦的叫声。杰娜特的丈夫焦急地站在门口，手足无措，满眼惊慌。

当手术室门口的灯熄灭，杰娜特的丈夫"噌"地站起来。盛睿方和其他医护人员一同走出手术室，朝着杰娜特的丈夫笑眯眯地点点头——大人和孩子都平安无事。对这对孟加拉国夫妇来说，刚刚经历的一切，让他们有种劫后余生的感觉。

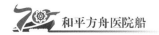

一天后,盛睿方和战友来到病房,杰娜特微微起身,冲他们微笑。杰娜特的丈夫则一个劲儿地说着"感谢",并告诉大家一个重要决定:他和妻子决定用"Chin"作为女儿的名字,这个孟加拉语词汇的意思是"中国"。

"中国妈妈!"在盛睿方走下舷梯的时候,杰娜特和一个大眼睛的小姑娘给了她一个热情的拥抱。这个喊她"中国妈妈"的小姑娘,正是8年前他们亲手接生的"Chin"。

这并不是 Chin 在出生后第一次见到曾帮助过他们的中国军医。2013年,和平方舟医院船在执行"和谐使命–2013"任务时,再次来到孟加拉国。Chin 的父母抱着只有 3 岁的 Chin 早早等候在码头,船一靠岸,他们就登上了熟悉的和平方舟医院船。

"3年了,我们一直都在盼望着你们能再来孟加拉国!今天我们再次相见的愿望终于实现了!"杰娜特见到了中国军医感到格外亲切。站在她身旁的护士王芳则抱着 Chin 亲了又亲。

3年前,王芳参加"和谐使命–2010"任务,见证了杰娜特被送上船以及小"中国"出生的整个过程。在杰娜特生产之后,王芳还给这对母女提供了无微不至的照顾。那天,杰娜特一家三口再次登上和平方舟医院船,王芳主动要求做他们的向导。上一次在这里生产、治疗,因为身体原因,他们没能好好参观一下和平方舟医院船。现在,杰娜特身体恢复如初,小 Chin 也健康长大,他们一家三口终于可以仔细地看看这艘救助过他们的大白船。

（二）

这又是一场与时间赛跑的紧急救助！

9 月的塞拉利昂，正经历着一年当中最为凉爽舒适的时刻。但依巴拉黑尼·巴却正经历着一生中最为焦灼的时刻——他的妻子拉玛图·巴的预产期即将到来，却在最关键的时期发生了意想不到的危险。拉玛图·巴患有妊娠期糖尿病，血糖已经高出正常范围许多，无论是产妇还是胎儿都面临着极大的生命危险。看着病床上妻子难过的神情，依巴拉黑尼·巴痛苦万分。

就在夫妇俩一筹莫展的时候，他们遇到了中国军医胡电。

53 岁的胡电是第二军医大学附属长征医院的一名妇产科专家。2008 年，汶川大地震后，胡电随救援队深入灾区，从死神手中抢回了 4 名新生儿。这些"地震宝宝"的诞生，为几乎已成废墟的灾区带去了新生的希望与喜悦。时隔 9 年，2017 年，和平方舟医院船执行"和谐使命－2017"任务，胡电作为海上医院的一员，随船来到遥远的西非。她没想到，在这里，她将再一次与死神抗争。

2017 年 9 月 21 日，和平方舟医院船抵达塞拉利昂的第三天，胡电和战友们驱车前往首都弗里敦市内的中塞友好医院开展医疗服务。这所医院是 2014 年 5 月，塞拉利昂暴发埃博拉疫情时，由中国政府援建的。在"抗埃"期间，这所医院作为埃博拉留观诊疗中心，"成为塞拉利昂民众抗击疫情的最好依托"。疫情平息之后，2015 年 8 月，中塞友好医院从传染病医院改造为常规综合性医院，重新对当地民众

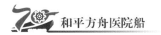

开放。

和平方舟医院船到来的消息，早在几天前就在弗里敦市传开了。依巴拉黑尼·巴抱着最后一丝希望找到了胡电。这对塞拉利昂夫妇简单地描述了症状后，胡电马上为产妇进行检查。

"快！联系主平台！有产妇需要紧急手术！"检查刚刚进行了几分钟，胡电就对身边的人说。原来，胡电在检查时发现，拉玛图·巴腹中的胎儿已经出现了宫内缺氧的症状，再拖下去，孩子很有可能保不住，就连拉玛图·巴都有生命危险。而当地医院的医疗条件十分有限，所以胡电决定将产妇转运到和平方舟医院船主平台进行手术。

和平方舟接到胡电的报告，马上启动应急预案。很快，手术室准备就绪、病房准备就绪，妇产科、麻醉科、儿科、心内科等科室医务人员组成团队，等候胡电和产妇的到来。

滴、滴、滴……和平方舟医院船手术室内，心脏监测仪器不断发出心脏的脉动。但事实上，拉玛图·巴和腹中胎儿的情况远远没有心脏跳动得平稳。那时，拉玛图·巴的羊水早已破裂，来到和平方舟医院船时，羊水几乎没有了，胎盘也已经出现大面积钙化。最为致命的是，连接胎儿与母体的脐带绕在胎儿的脖子上！

手术室外，依巴拉黑尼·巴看着时间，妻子是在22点20分进入的手术室。他不知道这台手术将要进行多久，他也不知道此刻的妻子正承受着怎样的生命危险。1分钟、2分钟、3分钟……对依巴拉黑尼·巴来说，他希望时间过得快一点，他想快一点看到妻子，被挡在手术室门外的每一秒都无比煎熬。

"哇——"在依巴拉黑尼·巴向上苍祷告的第8分钟，手术室内传出了婴儿的啼哭,虽然隔着厚厚的防护大门,清脆响亮的哭声仍穿门而出。这一声婴儿的啼哭,带来了那一夜所有人欣慰的笑。

手术室大门打开了,护士将小婴儿抱了出来。依巴拉黑尼·巴小心翼翼地接过孩子,轻轻地亲吻着孩子的额头。一直陪在依巴拉黑尼·巴身边的船长郭保丰拍拍他的肩膀,示意他给孩子取个名字。依巴拉黑尼·巴看看身边陪同的翻译人员,又看看郭保丰,似乎想征求他们的意见。

此时,弗里敦港口已经寂静无声。和平方舟医院船到访三天来,这里每天都会成为当地最热闹的地方,很多人到这里排队看病,也有很多人就是想来看看这艘从中国来的医院船。4年前,当埃博拉病毒在塞拉利昂肆虐的时候,也是一批来自中国的医生,冒着被感染的危险帮助他们。从那之后,这个距离中国万里之遥的西非国家,对中国人、中国医生,特别是中国军人都有着自然的亲切感。

一千多个日日夜夜流淌而过。这一次,和平方舟医院船在"和谐使命-2017"任务中来到塞拉利昂。这不仅是和平方舟的首次到访,也是中国海军舰艇的首次到访。

在抵达塞拉利昂之前,塞拉利昂刚刚遭遇了特大泥石流灾害。和平方舟医院船派出9名专科医生,在弗里敦最大的灾民安置点之一——"老学校"接诊,同时还设立了临时药房,免费给当地受灾民众发放药品。针对灾后疟疾多发的问题,中国军医还制订了处置预案,带来抗疟疾的药物和测试试纸,先后有9名患者被及时转运到和平方舟医院主平台进行治疗。他们的到来,有效缓解了安置点医疗、防疫力量的不足,又一次给塞拉利昂带来健康。

◎ 2017 年 9 月 19 日,塞拉利昂弗里敦港码头,塞军官兵挥动中国国旗欢迎中国海军和平方舟医院船首次到访(江山 摄)

　　和平方舟医院船的病房内,依巴拉黑尼·巴正握着妻子拉玛图·巴的手,温柔地说着话。他告诉妻子,他决定给他们的孩子取名"和平"。因为小家伙出生在和平方舟上,而当天正好是国际和平日。他觉得这是上天安排,因此取名"和平"再适合不过。妻子微笑地点点头,她身旁的和平已经安然入睡。

　　四天后,塞拉利昂总统科罗马登上和平方舟医院船参观,他特意来到病房看望这个名叫"和平"的小家伙。他轻轻地摸了一下和平的小脸蛋儿,说:"中国永远是塞拉利昂最可靠的兄弟! 希望你们很快能再来塞拉利昂。"

　　离开和平方舟医院船的那一天,依巴拉黑尼·巴紧紧地握了握胡电的手,又深情地拥抱了郭保丰,然后动情地说:"等和平长大,我一定会告诉他，是中国军医救了他的妈妈，也把他平安地带到这个世界。谢谢你们，希望能快点再见到你们。当然，如果有可能，希望有一天和平可以到中国当面谢谢你们。"

那一天晚上，郭保丰在办公室翻看着和平方舟医院船的资料。这是医院船入列 9 年迎来的第 6 个小生命。他们有的取名叫"中国"，有的叫"中国玫瑰"，还有的叫作"和平"，无论叫什么，其实都在传达孩子父母心底对和平方舟医院船、对中国军医、对中国最真挚的感谢。当这些带着中国符号的孩子长大，或许又将开启一段段与中国的奇妙缘分。

（三）

何正"火"了——在和平方舟医院船执行完"和谐使命－2017"任务回到舟山后不久，这位年轻的外事参谋成了各大媒体争相报道的对象。

不过比何正还火的，是他刚出生不久的儿子——何平方舟。这个小家伙因为名字、因为爸爸、因为那条"明星船"，成了 2017 年底的新晋小"网红"。

在过去的 155 天里，何正随着和平方舟医院船逆时针环非洲一圈，赴吉布提、塞拉利昂、加蓬、刚果（布）、安哥拉、莫桑比克、坦桑尼亚及东帝汶访问并提供人道主义医疗服务，技术停靠斯里兰卡、西班牙，其间在亚丁湾、吉布提为我国护航官兵和驻吉官兵、施工人员进行医

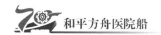

疗巡诊,总航程2.87万余海里。

出发前,何正看着妻子刘秀日渐隆起的小腹,盯着日历算了又算,"预产期肯定是回不来了,心里跟猫抓一样难受"。

躺在床上,何正总是欲言又止。刘秀早就看出了丈夫的犹豫,扭头对何正说:"去吧!孩子我负责生,任务你放心去!"

直到现在,何正依然在想刘秀是怎么琢磨出这么一句有点押韵的话。不过他知道,这话听着幽默,其实裹着心酸和不舍。

这"流动的国土"背后是多少个扎根中华大地的家!

站在莫桑比克马普托港口,何正觑起眼睛眺望远处的海面。这是中国海军和平方舟医院船首次访问莫桑比克,也是和平方舟入列以来到访的第36个国家。抵达马普托港口的那一天,天空飘着雨。莫桑比克海军、国防部官员,中国驻莫桑比克大使馆的工作人员以及华人华侨同胞,都在雨中欢迎他们的到来。那样热烈的欢迎场面,让何正自豪不已。他想,等孩子出生长大,他一定会给他讲讲这一次的出访经历。那时,孩子一定会为他的老爸骄傲的。

越过这繁忙的莫桑比克海峡,就可以到达马达加斯加。"从纽约动物园'越狱'的几只动物不知道此刻是不是还在那里?"何正喜欢看动画片《马达加斯加》,等这趟回去就可以抱着宝宝一起看了。

其实,留给何正如此发呆幻想的时候并不多,大多数时候,他都奔波于外事联络工作。但只要工作一停,家人就会迅速攻占他的"思想高地"。

就在他眺望马达加斯加的第三天,婴儿的啼哭从中国河北传到了莫桑比克马普托,何正升级成为"奶爸"。

视频中，何正看着儿子的模样，乐得合不拢嘴。刘秀让他给孩子取个名字，何正想了想，满眼幸福地说："就叫何平方舟吧！"何正用这个名字，纪念自己军旅生涯中重要的一笔，也以此来纪念和平方舟医院船首次环非访问。

远航归来，和平方舟与何平方舟都迎来了一个隆重的"第一次"——和平方舟医院船迎来入列 10 年以来的第一位"荣誉船员"何平方舟；何平方舟在 2017 年的冬天，迎来了人生中的第一份沉甸甸的荣誉。

从船长郭保丰手中接过荣誉证书，何正觉得"当中国海军简直爽翻了"！

（四）

春寒料峭。

高邮湖舰观通长王立博低着头，步履匆匆。战友碰到他远远跟他打招呼，走到跟前他才猛然一惊，抬头不好意思笑笑，寒暄两句，继续低头走路。很显然，王立博有心事。

站在家门口，王立博掏出钥匙。正准备开门，却又停下了。悬在半空的手停了几秒，他还是把门打开了。

"回来啦！快洗手吃饭！"厨房里，妻子正在炒菜。

"爸爸……"刚满 3 周岁的女儿奶声奶气地叫了他一声。

王立博换了鞋子，走到女儿跟前一把抱起女儿，用自己的额头抵着女儿的额头，轻轻地蹭了蹭。这个亲昵的举动，逗得小女儿咯咯地

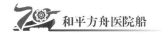

笑了。

饭菜上桌,王立博没着急动筷子。看着妻子一点点喂女儿吃饭,他陶醉地笑了。"傻乐什么,赶紧吃饭啊!"妻子见他没动筷子,催促他。

"嗯……有个事情……"王立博想了想,刚说出口又后悔了。

妻子转过头,看着王立博一脸为难的表情,直接问了一句:"这次去多少天?"妻子似乎一下看穿了王立博的心思,索性直奔主题。多年夫妻,妻子太了解王立博了。打从嫁给他的那天起,妻子就知道,嫁给这个被海风吹得黝黑黝黑的男人,也就嫁给了大海。

"这回时间可能长一点,要去亚丁湾……"王立博见妻子问得那么痛快,也就没再顾虑。

那一餐饭依然吃得津津有味,只是夫妻两人的心里都有些五味杂陈,只有天真烂漫的小女儿,并不知道爸爸妈妈在讨论什么,也不知道接下来的很多很多天里,爸爸将会"消失",她依然开心地笑着。

起航的那天,妻子抱着女儿站在码头上。站在舰上的王立博用力朝娘俩挥挥手,便头也不回地钻进船舱。女儿挥舞着手中那面小小的五星红旗,兴奋地看着周围的人群。汽笛一响,高邮湖舰上的五星红旗迎风招展,王立博妻子的眼泪无声地滑落。

那一天,是 2017 年 4 月 1 日。中国海军第 26 批护航编队从舟山某军港解缆起航。入列不到两年的综合补给舰高邮湖舰,作为护航编队舰船之一,与导弹护卫舰黄冈舰、扬州舰一起开赴亚丁湾、索马里海域。

亚丁湾流淌的海水带走了时间,却冲刷不掉王立博深深的思念。只要一有空,王立博就会拿出手机,看一看妻子女儿的照片,翻一翻微信里与妻子的聊天记录。虽然手机左上角一直显示的是"无信号"，但这个暂时只能充当手表的东西已经成为王立博缓解思念的最佳武器。

7月的舟山已经进入盛夏。和平方舟医院船停泊在某军港码头，做着出发前的最后准备，很快，这艘大白船将再次踏上征途，第6次执行"和谐使命"医疗服务任务。在起航之前，和平方舟医院船专门为驻地军属开展了一次免费诊疗服务。

王立博的妻子带着小女儿和母亲走上和平方舟，女儿好奇地看着眼前的这个庞然大物，嘴里小声念叨着"爸爸，爸爸"。3个多月过去了，女儿对王立博的"消失"感到困惑。王立博的妻子总是耐心地告诉女儿，爸爸坐着大军舰去保护别人了。现在，看到这条"大军舰"，女儿以为这里有爸爸。

体检之后，王立博的妻子得知了一个重要消息：和平方舟医院船将起程执行"和谐使命－2017"任务，任务航程中，和平方舟将会与第26批护航编队会合，为护航官兵提供诊疗服务。

王立博的妻子一下来了精神，这是不是就意味着和平方舟医院船上将会见到自己的丈夫？挂在王立博家中的日历，已经被妻子划掉了一个又一个数字，每划去一个，就代表着王立博回家的日子又近了一天。算算日子，当天是7月23日，王立博已经去护航3个多月了。再过一个月，就是七夕节。看着手机日历，王立博的妻子冒出一个想法。

"我能不能在这儿拍张照片，请你们帮我带给立博？他现在在亚丁湾上护航……"王立博的妻子有点难为情地问和平方舟医院船的船员。这个想法马上得到了医院船领导的支持。

王立博的妻子抱着女儿，旁边站着52岁的母亲，她们以和平方舟医

207

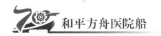
院船上大大的红十字和飘扬在后甲板上的军旗为背景,拍摄了一张照片。为了让王立博放心,妻子特意教女儿也比了一个胜利的剪刀手,一边比划,一边开心地笑着。

3天后,和平方舟医院船带着这张充满爱意的照片起航了。这一次,和平方舟医院船将赴非洲吉布提、塞拉利昂、加蓬、刚果(布)、安哥拉、莫桑比克、坦桑尼亚以及亚洲东帝汶访问,并为当地民众、华人华侨提供人道主义医疗服务。

20天后,和平方舟医院船抵达亚丁湾、索马里海域,与第26批护航编队会合。很多人见到高邮湖舰的官兵,第一个问的不是身体是否舒服,而是王立博是谁,他现在在哪里。不一会儿,妻子捎来礼物的消息在几条舰上不胫而走。王立博更是迫不及待。打开电脑,母亲、妻子和女儿的笑脸映入他的眼帘。王立博凑近屏幕看了又看,边看边笑。站在他身旁的战友看见,也都笑了起来。

随行的新闻干事提议,帮王立博拍个"全家福"。怎么拍?让王立博抱着电脑拍!就这样,一家人在遥远的亚丁湾,以这样特殊的方式"团聚"了。这张特殊的"全家福"随着传输专线回到了祖国。一起被回传的,还有王立博写下的一小段话:"亲爱的老婆,转眼间离开你们有4个多月。谢谢你的默默支持,我永远爱你!"

王立博的妻子看着这张"全家福"和字条的照片,幸福地笑了,女儿指着照片一个劲儿地叫着:"爸爸、爸爸。"

这是属于一名海军特有的幸福,这是属于一名水兵独有的感动!和平方舟医院船在不经意间成了架在祖国大陆和亚丁湾之间的那座"鹊桥",在七夕——中国情人节的这一天,让这个家庭尝到了别样的幸福与甜蜜。

而这份爱与感动，也沉淀在了和平方舟上。从那一天起，和平方舟医院船上关于爱的故事，又多了一个令人动容的表达。

（五）

在"环太平洋－2016"军演时，东海舰队某部政治部主任张宪星一天傍晚在珍珠港港口散步时，被一位美籍华人"拦"了下来。

张宪星一愣，刚要开口问他有什么事，那位华人开口了："您是这条船上的？"说着，他指了指和平方舟医院船。

"是的，我是船上的船员。"张宪星微笑着回答。

"没事，我就是看到你们觉得特别亲切。我也真心希望中国发展好，中国的军队能够越来越强大。"那位美籍华人看着和平方舟医院船感慨道。

还有一位华人在舰艇开放日时，和许多人一起围在张宪星身边，听他介绍和平方舟医院船。介绍完毕后，那位华人问："这是最新型的吗？"张宪星笑着回答："这艘医院船已经入列八年了，但是无论是船身还是船上的设备，都是目前最先进的！"

"那你们结束就回去吗？以后还来吗？"

这样的问题，张宪星回答了不止一次。他总能在这些旅居海外的华人眼中看到一种特有的眼神：那是一种自豪的又带着些许紧张的眼神。或许，真如古诗所云"近乡情更怯，不敢问来人"。停泊在异国他乡港口的和平方舟医院船，对这些华人华侨来说，就是祖国。

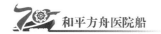

"五星红旗迎风飘扬,胜利歌声多么响亮,歌唱我们亲爱的祖国,从此走向繁荣富强……"

2011 年,和平方舟医院船信号班班长韩大林第一次在异国他乡听到了这首熟悉的《歌唱祖国》。那是和平方舟医院船入列以来,执行的第一次出国访问的任务。船一点点靠近码头,岸上华人华侨扯着横幅,高声唱着这首激情澎湃的歌。站在甲板上的韩大林,只觉得脸颊发烫,热血沸腾。

2018 年,和平方舟医院船第 7 次执行"和谐使命"医疗服务任务。在巴布亚新几内亚首都莫尔兹比港,韩大林远远地就听到从岸上飘来的《歌唱祖国》的歌声。韩大林的眼眶有些湿润,趁着大家不注意,他悄悄地抹了抹眼泪。他自嘲自己"年纪大了",听见这首歌就激动,看见华人华侨热烈欢迎他们的场景就沸腾。

韩大林的老家在河南农村,家门口的那条大青沟,是他儿时对于江河湖海的全部认识。直到他当了一名海军军人,直到他有幸走上和平方舟医院船,直到他随着和平方舟医院船执行了一次又一次任务,他的视野在不断变大,印象里的大青沟早已成为身后家的符号,在他面前是广袤的蓝色海洋。

"不出国,永远都不知道祖国有多好。"韩大林每一次休假回家,都会跟家里的亲戚朋友强调这句话,"特别是看到那些华人华侨,见到我们的船的表情,太感动了!"

不仅是韩大林,几乎每一个随和平方舟医院船执行过出访任务的人都亲眼看见过这样的场景——每到一个国家,总有当地华人华侨早早守候在港口,有的人甚至提前两三天驱车赶到码头,只为了看一看从祖国来的军舰以及那些不认识却无比亲切的中国军人。

那一天，汽笛拉响，和平方舟医院船即将驶离秘鲁卡亚俄港港口，奔赴下一站。突然，正准备收起舷梯的战士停下了手中的动作。这一停，是为了一对华人老夫妇。

老太太嗔怪老爷子开车太慢，差点就误了"见到亲人的机会"。老两口希望能在船离开之前到甲板上站一下，没有别的要求，"只要站几分钟就可以"。

老两口在海军战士的搀扶下踏上舷梯。舷梯颤抖的瞬间，老人的心也跟着颤抖起来，可是每一步都走得那么用力。

周围的海军官兵笑眯眯地望着老夫妇，目光温柔得就像在凝视自己的爷爷奶奶。站在宽阔的后甲板上，老两口的手紧紧地牵在一起。环顾四周，老爷子突然松开老伴的手，缓缓下蹲，然后跪在了甲板上。

老人将脸颊轻轻贴在甲板上，仿佛贴紧母亲的胸膛。转过脸，他轻轻亲吻着甲板，眼中的泪水重重地掉落在甲板上。这一吻，他仿佛用尽了余生所有的气力。

汽笛再次拉响，老两口挥手告别的身影越来越模糊。目睹了这一切的韩大林回到战位，悄悄拭去眼角的泪水，一股无形而温暖的力量充满了他的心房。在他的耳边，《歌唱祖国》的声音依旧嘹亮。

（六）

《人民日报》社原副总编辑卢新宁回母校北京大学演讲的一段话曾红遍网络：

◎ 中国海军和平方舟医院船举行过赤道宣誓仪式(江山 摄

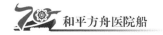

你所站立的地方,就是你的中国;你怎么样,中国便怎么样;你是什么,中国便是什么;你有光明,中国便不再黑暗。

站在和平方舟医院船甲板上,站在中国军舰的甲板上,站在正航行在广阔太平洋上的中国军舰的甲板上,和平方舟医院船卫生员、女兵张新成对这句话有了更深刻的认识——她突然感觉到,"祖国"这个词,变得非常非常实在。

张新成在入伍之前,与许多同龄的女孩子一样,喜欢在休息时在街边的咖啡馆坐一坐,在那里,跟好朋友聊聊新上线的电影、最流行的时尚、最好吃的美食……至于"祖国"这个话题,她觉得离自己很遥远。

而此刻,身处洁白的和平方舟,看着珍珠港里停泊的各国军舰,听着中国军医在世界各国军医面前自信从容的专业分享,和战友们一起出色完成海上搜救演练,想到在"和谐使命"任务中来自异国民众的真诚点赞与拥抱,张新成真真切切地感受到,军舰就是流动的国土,祖国就在脚下!

2011 年 10 月 11 日 19 时 23 分,是一个让和平方舟医院船每个人都铭记的时间。那一天,第一次走出国门的和平方舟医院船第一次穿越赤道! 当驾驶室中仪表屏幕上的方位指示从"N"变成"S",《中国人民解放军军歌》响起,列队整齐的官兵举起右拳宣誓。那一刻,老兵丁辉的手突然微微颤抖,泪水控制不住地涌了出来。

这是他第一次,听着军歌落泪。

这世上什么样的音乐最动人？触动心弦的。此时此刻，这首军歌似乎戳中了丁辉内心中最柔软的部分，让他感受到作为一名中国海军军人的自豪，感受到作为中国人的骄傲！这样的"穿越"，让丁辉第一次体会到，个人的命运与祖国的命运，联系是如此紧密；个人的命运与一支强大的军队，联系是如此紧密。

时光倒回到 1980 年 5 月，中国海军赴太平洋执行某项任务。那是中华人民共和国人民海军军舰第一次穿越赤道。现如今，不论是和平方舟医院船还是其他的中国海军战舰，穿越赤道早已成为一种常态。身处其中，那份骄傲与感动绝不是在繁华都市可以体会的。

曾有随和平方舟医院船出访的医务人员在穿越赤道时说："又过赤道了！祖国的大好河山我还没走完，赤道倒是穿越了 3 回！"这听起来像是打趣的话语，实际也隐藏着一名中国人民海军军人内心的骄傲。

2018 年，和平方舟医院船执行"和谐使命－2018"任务，张新成随着大白船又一次穿越了赤道。虽然这样的"穿越"早已成为家常便饭，但张新成依然觉得感动而自豪。

这是和平方舟医院船为世界带去爱与和平的"穿越"，这是中国海军走向深蓝的"穿越"，这是中国海军用蔚蓝海水煲就的"心灵鸡汤"。

>> 第十章
七出大洋！我们的征途是星辰大海

"来了！来了！"

不知是谁的眼神儿那么好，和平方舟医院船还离着码头老远老远，人群中就有人喊了起来。这一声"来了"，引起了码头上人群的躁动："哪儿呢？""哎呀，我也看见了！""宝宝，爸爸回来了！"……

放眼望去，岸上的人群里三层外三层把码头围了个严实。红色的横幅在最前一排人群里拉起，"欢迎回家"的字样格外醒目；很多头发花白的老人开始从口袋里掏出手机，低着头认真地寻找手机界面上的拍摄功能，然后用力按下去，再把手机高高举起；很多孩子的手里都举着牌子，有的牌子上印了照片，有的牌子上写着大字，有的牌子则用最基础的合成技术把照片和大字拼合到一起。这些孩子把牌子高高举起，像是演唱会上"粉丝"举起表白牌；还有很多穿着鲜艳衣服的女性，刚刚似笑非笑的表情在这一刻再也按捺不住，嘴角上翘，眼神放光，期待地眺望着"来了"的方向……

这一幕，发生在 2019 年 1 月 18 日的明媚上午。

这一刻，圆满完成"和谐使命－2018"医疗服务任务的海军官

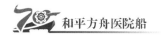
兵,内心欢呼雀跃,他们的心跳终于在此刻又一次与祖国和亲人调为同一个频率。

这一天,离开祖国亲人 205 天的和平方舟医院船回家了。

这是和平方舟医院船第 7 次执行"和谐使命"系列任务,第 9 次走出国门。从 2008 年入列至今,这艘身披红十字的大白船累计航程 23 万海里,航迹遍布太平洋、印度洋、大西洋,到访了亚洲、非洲、欧洲、北美洲、拉丁美洲、大洋洲的 43 个国家,为 23 万人次提供了免费诊疗服务。

这是一份骄人的成绩单。十年前,大概不会有人想到,中国的这艘专业化医院船可以走得这么久、这么远、这么稳、这么好。十年过去,为"和谐"和平方舟七出大洋,从它身上散发出的母性光辉,让全世界都看到了中国爱与和平的希望。

(一)

又是这样长长的队伍,见头不见尾。这情形,和四年前几乎一模一样。

站在和平方舟医院船甲板上,外科医生马兵看着晴空烈日下排队的人们,不禁发出感慨。四年前,马兵随和平方舟医院船到访大洋洲的巴布亚新几内亚,都是执行"和谐使命"系列任务。船还是那条船,人也还是这个人,只是四年前,巴新是"和谐使命 - 2014"任务的最后一站,2018 年,巴新成了"和谐使命 - 2018"任务的第一站。不过对马兵来说,第一站和最后一站没有什么区别。

很快,马兵和战友们又开启了"连轴转"模式。那一天,巴新妇女莎伦·阿里在排了很久的队之后,终于登上了和平方舟医院船。不过,要看病的不是她,而是躲在她身后的那个小家伙。小家伙名叫达米安·马英,是莎伦·阿里的儿子。四年前,和平方舟医院船到访巴新的时候,达米安刚刚来到这个世界。

站在检伤分类区,莎伦·阿里描述着达米安的病症。几个月前,淘气的达米安不小心被火烧到了手指,几个月过去了,手指上的皮肤已经逐渐愈合,可是手指却没办法伸直。

躲在妈妈身后的达米安,一直扯着妈妈的衣角,大大的眼睛不停地打量着周围的一切,眼神里充满了好奇。达米安被分到了外科,马兵正是接诊他的大夫。

坐在马兵面前的达米安很是拘谨,他用另一只手握着被烧伤的手指,好像怕被发现一样。莎伦·阿里用恳求的语气对马兵说:"我带着他到诊所去换药、治疗,皮肤好了,手指却一直这样。可是,我没有钱给他做手术,我真的很绝望……"马兵听后,并没有着急回复这位焦虑的妈妈,而是温和地看着达米安,然后伸出手,示意达米安把烧伤的手伸给他看看。

小家伙似乎一下子明白了来这里的目的,刚刚还紧紧握着的手马上松开,乖乖地把手放到马兵的手掌心。马兵微笑着点点头,然后开始细致地检查。

诊疗室外,有人悄悄地向屋里张望。

对着刚刚拍出的片子,马兵胸有成竹地点了一下头,然后叫护士安排病房,准备手术。莎伦·阿里大喜过望,抱着儿子激动地说:"你

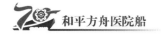

得救了!"

两天后,巴布亚新几内亚最畅销的报纸之一——《信使邮报》刊登出一张大头照片。照片里的不是别人,正是达米安。小家伙坐在病床上,将缠着厚厚纱布的手举起来面向镜头,神情淡定地拍下了这张照片。这张照片被放在了《信使邮报》的头版头条,照片上面写着大大的标题:"THANK YOU!(谢谢你!)"

马兵特意找来那份报纸,小心地把它收进了自己的行李。对他来说,"这是一份难得的纪念"。

就在和平方舟医院船离开巴布亚新几内亚的前一天,另一则消息引爆了当地媒体:中国与巴新开展联合营救医学救援演练,这还是历史上的首次。

为了这场演练,巴新盖瑞胡医院的医生马诺毛做了充分的准备。当"伤员"被推进手术室,他与和平方舟海上医院普外科医生颜荣林一起,为这名"伤员"实施了外科"手术"。"手术"结束后,马诺毛并没有像往常一样回到诊室休息,而是呈现出一种兴奋的状态,站在诊室门口等着颜荣林。在刚刚的"手术"中,马诺毛既是颜荣林的搭档,也在悄悄地做着他的"学生"。他观察到好多细节,现在他迫不及待地想要和颜荣林聊一聊。

同样迫不及待的还有兹侬·孜拉少尉。和平方舟医院船一靠上莫尔兹比港,他就不停地探头张望。虽然船上清一色的"浪花白",但他还是很快就锁定了"目标"——周毅。这位曾在中国海军军医大学学习临床护理的巴新军医,知道和平方舟医院船要到访的消息,便马上联系了他留学期间的队长兼翻译周毅。当知道周毅将作为外事翻

◎ 2015 年 11 月 27 日，在巴巴多斯布里奇敦港码头，华人华侨挥动国旗欢迎中国海军和平方舟医院船首访巴巴多斯（江山 摄）

译参加任务时，他特别开心，"没想到在自己家乡还能遇到中国老师"，这样的重逢让他感到特别兴奋。

（二）

知道和平方舟又要到访瓦努阿图的消息后，埃尔沙·凯西冲进卧室。拉开抽屉，埃尔沙翻出压在最下面的一份文件。

第二天，埃尔沙拿着这份文件早早来到维拉港，排着队准备再次登上和平方舟医院船。

四年前，和平方舟医院船执行"和谐使命－2014"任务时，曾到访瓦努阿图。埃尔沙·凯西在和平方舟医院船上接受了白内障摘除手

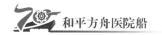

术。现在他手中紧握着的这份文件,正是当年他在和平方舟医院船上接受治疗的病历。

"这两年,我的左眼也开始出现问题。说实话,我日日夜夜都在盼着你们能再来!上天听到了我的祷告!"埃尔沙激动地对和平方舟医院船的眼科医生说。

时年53岁的埃尔沙·凯西是瓦努阿图维拉港的一名保安。由于瓦努阿图医疗条件有限,而到国外治疗又需要高额的医药费,埃尔沙的眼疾迟迟没有治疗。四年前,和平方舟医院船的到来,也为这位普通的瓦努阿图民众带来光明;四年后,同一条船,同一位患者,同样一台白内障摘除手术,让他从此之后再也不会错过人世间的美丽。

2014年,和平方舟医院船首次到访巴布亚新几内亚、瓦努阿图、斐济和汤加,那时,有很多到访国的民众都在和平方舟将要离开时问:"你们什么时候再来?"时隔四年,2018年,和平方舟医院船再次来到这四个美丽的国度,赴一场爱与健康的"约会"。

四年,我们居住的美丽蓝色星球发生了太多的事、太多的变化。然而,就是在这样快速的变化中,和平方舟的宗旨始终没有变,医疗服务质量始终没有变。而这,正说明中国走和平方舟道路的承诺始终没有变!如果说真的有什么改变的话,那就是在这四年里,中国承担了越来越多的国际义务,为世界和平提供了越来越多的公共产品,"圈粉"的实力越来越强,被点赞的次数越来越多。

在和平方舟医院船即将离开瓦努阿图的当天上午,医院船上的医务人员作为贵宾,被瓦努阿图总统摩西邀请参加瓦努阿图第38个国家独立日庆祝活动。就像是邀请一位好友到家中做客,最好的款待就是如此真诚而自然。

在斐济的瓦图莱莱岛,岛民们也用最真诚质朴的方式,感谢着"从天而降"的中国"客人"。和平方舟医院船抵达斐济后,派出一支医疗专家小分队搭乘救护直升机,前往距离斐济首都苏瓦100公里的瓦图莱莱岛。

直升机在岛民的欢呼声中降落在岛上的一所学校。走下飞机的那一刻,中国军医的又一次"斗争"便开始了,接诊、检查、诊治、叮嘱……这些连贯完成的"科目",让医生们难有休息的时间。于是,一幕幕暖心的画面在这座太平洋的小岛上上演:医生们的行李旁边,不知何时多了一兜又一兜的当地水果,一些行李上还出现了写着感谢和祝福话语的小纸条,还有很多人在治疗之后没有马上离开,而是静静地等在一旁,等到中国军医们忙完准备离开前,走上来给他们一个温暖的拥抱,与他们合影留念。在瓦图莱莱岛岛民的心中,这些"从天而降"的中国军医就像英雄一样,在他们最需要时赶来,又在他们的注视中匆匆离去。

在当时6岁的戴安娜心中,和平方舟医院船是一艘"有魔力"的大船,因为它不仅治好了她的病,还给她带来了新的愿望。戴安娜是个可爱的小姑娘,可上天似乎和她开了个玩笑,她从出生便有严重的身体畸形。

戴安娜因此而十分自卑。她总是躲在人群之外,看着小伙伴们嬉戏玩耍。当有同龄的小姑娘穿着花裙子从自己身旁飞快跑过,她的眼神里满是羡慕,也满是忧伤。母亲看着戴安娜一天天长大,一天天封闭着自己,心疼,却又无能为力。

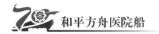

电视中,反复播出着和平方舟将要再次访问斐济的新闻。戴安娜的母亲决定试一试,于是,在和平方舟到达的当天,母女俩便登上了中国的大白船。24小时之后,6岁的戴安娜进入手术室。2个小时之后,戴安娜的手足畸形得到了成功矫治。

躺在和平方舟医院船的病房里,戴安娜会偷偷问妈妈自己是不是好了。当妈妈微笑着点头时,戴安娜总会露出灿烂的微笑。治好了身体的疾病,和平方舟医院船上的医务人员还在不断地用无微不至的照顾,温暖着这个小姑娘封闭已久的内心。

终于,在戴安娜即将出院离开和平方舟时,她鼓起勇气拽了拽护士长的衣角。护士长俯下身,戴安娜把脸凑到她的耳朵边轻声说:"我想跳芭蕾,我想去中国。长大了,我要去中国跳芭蕾舞给你们看。"

◎ 2017年11月9日,在马普托残障人学校,中国海军和平方舟医院船船员为孩子们表演笛子独奏激发了大家的兴趣(江山 摄)

那一刻，灿烂的阳光彻底赶走了戴安娜心中的阴霾。每一个人都清晰地听到了一个小姑娘梦想发芽的声音。

（三）

就在和平方舟医院船访问汤加的时候，大洋另一端的家乡中国将每年的 8 月 19 日定为"中国医师节"，这是又一个属于医务工作者的节日。

消息通过卫星电波，传到了遥远的汤加，每一个医务人员的脸上都多了一分骄傲和自豪。在和平方舟医院船的甲板上，加勒比海的海风轻轻将红色横幅掀起，写着"我的职责我尽责，我的岗位我担当"的横幅上，已经签满了海上医院医生护士的名字。短短的仪式过后，他们又一次投入到"战斗"中。对他们来说，当天是节日，却也是一个再平常不过的工作日。

时光倒流回 1938 年。

那一年的元旦刚过，一名加拿大医生背着重重的药品和医疗器材，从加拿大温哥华启程，乘坐着轮船远渡重洋，来到中国。长途跋涉之后，3 月 31 日，一个由加拿大人和美国人共同组成的医疗队终于来到了中国延安。那个不顾中国炮火纷飞、率队来华的就是我们都很熟悉的白求恩。从那时起，白求恩奔波于动荡的中国，穿梭在硝烟弥漫的战场，直到生命最后一刻，他仍战斗在中国战场。

也是在 1938 年，另一援华医疗队从印度洋上航行而来，抵达广州码头。这是一队由印度派出的援华医疗队，其中有一名叫德瓦卡纳思

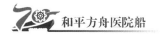

·桑塔拉姆·柯棣尼斯的年轻人,后来成为白求恩的接班人,担任白求恩国际和平医院的第一任院长,他就是柯棣华。在"百团大战"中,30 岁的柯棣华曾在 13 天中救治了 800 多名伤病员,实施手术超过 500 台,他不眠不休的工作状态让所有人对他肃然起敬。1942 年,柯棣华也倒在中国战场上⋯⋯

75 年后,2013 年,正在执行"和谐使命－2013"任务的和平方舟医院船到访印度。任务指挥员和官兵特意驱车赶到位于孟买市西北郊的柯棣华的故乡,探望柯棣华的亲属们。见到来自中国的朋友,柯棣华的妹妹、已经 92 岁高龄的曼诺拉玛女士十分高兴。那时的和平方舟医院船,已经在"和谐使命－2013"任务中,为近 8 万人提供了治疗。在曼诺拉玛家的客厅中,摆放着哥哥的照片,那是柯棣华参加印度援华医疗队时拍摄的,面对着哥哥的照片,曼诺拉玛说:"哥哥的愿望早已经实现了,他在天有灵,一定会很开心。"

两个月后,曼诺拉玛在家人的陪同下来到中国,来到哥哥生前战斗的河北省。在石家庄华北军区烈士陵园里,曼诺拉玛郑重地将《柯棣华大夫的信函》一书捐赠给了烈士陵园。

穿越时空,历史的画面照进了现实。多年之前,白求恩、柯棣华等国际主义人士从世界各地赶来支援中国人民;多年之后,中国海军和平方舟医院船航行在世界各个角落,为世界上需要帮助的人们提供医疗救助。这似乎是一种难得的历史巧合,但真的是巧合吗?不,不是!这是一种传承,是一种精神,是一颗颗热得发烫的医者仁心!

无论是战争年代还是和平年代,我们总能看到军医的身影。正如曾参加过抗日战争的军医徐恩德所说:"战场上,医护人员与前方作

◎ 2015 年 10 月 1 日，和平方舟医院船在阿拉弗拉海域举行隆重升旗仪式，庆祝中华人民共和国成立 66 周年（江山 摄）

战的战士一样要冒着枪林弹雨，一样要伴着血雨腥风，一样要面临流血牺牲，我的好几个战友就是为了抢救伤员牺牲在战场上。前线有激烈战斗的时候，很多伤员同时送到，都在死亡线上挣扎，一次战伤急救就是一次挽救生命的战斗！"

在一件件救死扶伤的白大褂下，是一身身以身许国的迷彩服。他们是医生，他们更是军人。因此，他们愿意为了"生死相依、性命相托"的誓言冲上战场，愿意为了"今日中国如你所愿"离开家园航行世界。当战争袭来，当灾难袭来，当病魔袭来，他们，就是那"冷酷世界"里最温情的存在。

（四）

2018 年 9 月 21 日,和平方舟医院船又一次航经巴拿马运河。穿过运河,和平方舟将抵达委内瑞拉。对于中国人民来说,委内瑞拉,是一个极其遥远的地方。在这个遥远的地方,和平方舟医院船以最柔软的方式传播着中国力量,以最美好的方式维护着爱与和平。

也是在那一天,全军的英模挂像里又出现了一张新的面孔——林俊德。在和平方舟医院船信号班长韩大林心中,林俊德是他无比崇拜的偶像,怀着对国家坚如磐石的信念,不知疲倦地奔波在那片被称为"生命禁区"的戈壁滩上,隐姓埋名五十年,在一次次爆炸声中创造着历史。

此时此刻,在茫茫的大洋上,韩大林在休更时,又一遍读起了林俊德的故事。此刻的他似乎终于读懂了林俊德院士和他们那一代人的选择。他们选择在那"遥远"的地方隐姓埋名、为国铸盾,他们的精神是"祖国脊梁里最坚硬的部分",是"中华民族自强不息的精神图腾"。

那一天,他们那一代人静悄悄地来;那一天,他们那一代人又静悄悄地走了,留下的只是山谷中那一座座无言的建筑,留下的是如今陵园里那一座座坚硬的墓碑。

对韩大林和战友们来说,这些年的航行,他们总是在热闹中来,又在热闹中走。他和他的船,从入列那天起,就注定成为焦点,注定成为"明星"。相比于林俊德和他的战友们,韩大林觉得自己太幸运,也太幸福。正是因为林俊德和战友曾默默无闻地战斗在那"遥远"的地方,

◎ 2017年9月29日,和平方舟医院船在大西洋某海域举行隆重升旗仪式,庆祝中华人民共和国成立68周年(江山 摄)

韩大林和战友们才有底气堂堂正正地航行在这遥远的海域。为和平,他们都在坚守;为和平,他们都在奋斗。

如今,所有人都将铭记林俊德的名字与面孔。韩大林希望,走遍世界,那些曾被和平方舟治愈的人们,能永远记得来自中国的这条大白船。

凝望远处的大海,韩大林长长舒了一口气。他从没有去过中国版图上那个"遥远"的马兰,但此刻,吹着加勒比海的海风,他仿佛看到茫茫戈壁上,刻着红色"永久沾染区"的石碑格外醒目。

(五)

从事商品零售的吴键斌在四年前远渡重洋,来到一个对很多人来

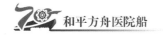

说都十分陌生的国度——多米尼加。家人和朋友担心吴键斌,在这样一个没有和中国建立正式外交关系的国家,安全吗? 甚至有朋友打趣道:"我查了,这是个在加勒比海上的国家。你会遇到海盗吧!"吴键斌一面笑朋友看电影太入迷,一面默默地在这片陌生而美丽的国家开辟事业的另一番天地。

在多米尼加生活的 4 年多,吴键斌总是爱把电视调到中央电视台新闻频道,他"想知道家里怎么样"。

2018 年 5 月 1 日,国际劳动节。吴键斌照常开门做生意,不时有客人光顾,吴键斌也和平常一样彬彬有礼。

"中国国务委员兼外交部部长王毅在北京与多米尼加外长巴尔加斯签署《中华人民共和国和多米尼加共和国关于建立外交关系的联合公报》,自公报签署之日起,两国相互承认并建立大使级外交关系……"电视中传来中国与多米尼加正式建交的消息,正在清点货物的吴键斌呆住了,他有点不敢相信自己的耳朵。很快,吴键斌的微信朋友圈被消息刷了屏,生活在多米尼加的华人微信群也因此"炸开了锅"。

虽然吴键斌知道这一天迟早都会到来,但是当这一天真的来临,吴键斌仍激动不已。那一晚,吴键斌和朋友们举杯庆祝。席间有人说:"没想到我们盼望已久的事在今天实现了,幸福!"但他们更没有想到,让他们热泪盈眶的另一件事将在不久的将来发生。

"呜——"一声长长的汽笛声划破了多米尼加圣多明各港,也点燃了早已等候在岸边的华人的欢呼。2018 年 11 月 1 日,在中国和多米尼加正式建交 6 个月之后,中国海军和平方舟医院船到访多米尼加！

在到访多米尼加之前，和平方舟已经在巴布亚新几内亚、瓦努阿图、斐济、汤加、哥伦比亚、委内瑞拉、格林纳达、多米尼克、安提瓜和巴布达等国进行了医疗服务。其中，委内瑞拉、多米尼克、安提瓜和巴布达不仅是和平方舟医院船首访，也是中国海军舰艇首访。

和平方舟医院船的良好口碑早已在多米尼加传开，因此，虽然是第一次到访刚建交不久的多米尼加，但等待中国军医的队伍早已排得老长老长。

船长郭保丰看着热闹的港口，思绪却已飘向历史深处。15世纪末，著名的大航海家哥伦布来到这里。那条经历了风浪的帆船就靠泊在现在和平方舟医院船靠泊的位置。几个世纪过去了，港口依旧，涛声依旧。只是，当年西班牙殖民者来到这里带来的是杀戮与掠夺。今天，中国的和平方舟来到这里，带来的是健康与希望。

25岁的多米尼加姑娘胡里萨·戈麦斯·阿布莱乌非常爱美，但是3年前的一次意外，让她的美丽有了缺憾，心灵也蒙上自卑的阴影。那时，胡里萨跑到一家小店打耳洞，可是打好的耳洞非但不能让她戴着漂亮的耳坠增添美丽，反而出现了感染。胡里萨在当地医院多次就医，不仅感染没治好，她的右耳垂还出现了拳头大小的疙瘩。

看着镜子里的自己，胡里萨哭了。三年来，她再也不敢照镜子，也不想照镜子。曾经营着鲜花店、爱说爱笑的她，一下子变得沉默寡言，时常躲在家中哭泣。

中国的专业化医疗船将要到访的消息在多米尼加传开后，丈夫兴奋地跑回家告诉胡里萨。可此时的胡里萨似乎已经放弃了治愈信心，

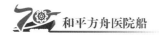

拒绝走出家门。连续几天,丈夫在互联网上搜索着关于和平方舟医院船的各种消息,特别是看到有难以治愈的病被治好的时候,他总会讲给胡里萨听。

和平方舟医院船到访的第二天,一场中多两国医生的联合会诊在和平方舟的会议室中展开。来自耳鼻喉科、整形外科、烧伤科等多个科室的中国军医,与多米尼加当地医院的整形外科医生一起,认真研究着一台即将进行的手术,接受手术的正是胡里萨。原来,丈夫的耐心劝慰终于打动了胡里萨,于是在和平方舟到来后,夫妻俩登上中国医院船。

胡里萨在和平方舟医院船上度过了忐忑的一夜。进手术室前,丈夫深情地拥抱着她说:"你一定会好起来的!相信中国医生!"3个小时后,胡里萨再次回到病房。刚刚过去的时间里,中多两国的医生为胡里萨做了一台极为复杂的手术:先切除她右耳上的"恐怖大包",再为她植皮进行外耳再造。

睁开眼睛的胡里萨微微转头,包裹在耳朵上的大团纱布顶到了枕头。接着,她看到丈夫开心的笑脸,他在并且不断地重复着:"亲爱的,你好了!你的病被治好了!"

三天后,胡里萨准备出院。虽然耳朵上的大团纱布还在,可是她仍然要求和中国军医们合个影。那天,胡里萨特意穿上一件红色 T 恤衫,依偎在丈夫怀里的她与中国医生、护士拍下一张照片。照片里,每个人脸上都挂着灿烂的笑容。特别是胡里萨,已经三年没有拍过照片的她,笑靥如花。

◎ 2017 年 11 月 19 日，在达累斯萨拉姆港码头，坦海军官兵挥动中坦两国国旗欢迎中国海军和平方舟医院船时隔七年再次到访(江山 摄)

（六）

唱完一首欢乐的歌，和平方舟医院船的官兵们兴致盎然地回到医院船主平台。这一晚，他们与厄瓜多尔的上千名民众一起举行了文化联谊演出。被誉为"太平洋滨海明珠"的基尔在那一夜成为欢乐的海洋。

这是和平方舟医院船第一次来到厄瓜多尔，在为 4000 多名当地民众提供治疗之后，和平方舟启程离开这里。厄瓜多尔国防部长哈林专程从首都基多飞到基尔，见到和平方舟医院船官兵时，他激动地说："这些天我一直在关注着你们的消息。现在你们是厄瓜多尔人民心中

◎ 2017 年 10 月 19 日,在安哥拉罗安达港码头,欢迎人群挥动中安两国国旗欢迎中国海军和平方舟医院船首次到访(江山 摄)

的生命之舟、希望之舟、友谊之舟。感谢你们!"

　　和平方舟医院船缓缓驶离基尔码头,人们的欢呼声渐渐远去,和平方舟即将前往"和谐使命－2018"任务的最后一站——被称为"天涯之国"的智利。这也是和平方舟医院船第一次访问智利。这一次访问,他们不仅为智利民众提供医疗服务,还参加了智利海军成立 200 周年庆典活动和"2018 拉美国际海事防务展"。短短一周时间,和平方舟医院船又在智利收获大批粉丝。2018 年 12 月 8 日,在完成对智利的友好访问之后,和平方舟医院船启程回国。

　　205 天,31800 海里,50884 人次,这是和平方舟医院船执行"和谐使命－2018"任务的成绩单。美国皮尤研究中心曾在 2017 年公布过一份调查,中国在拉美地区获得最多点赞。在智利、墨西哥、阿根廷、秘鲁等国对世界大国的好感度排名中,中国位居榜首。在那遥远的地方,和平方舟医院船为万千民众带去希望,为维护和平竭尽全力。

2019 年 1 月 18 日,和平方舟医院船回家了。等候在岸上的家人、战友早已备好了鲜花和美酒,这是为他们接风的酒,更是为他们庆功的酒——

就在和平方舟医院船返航途中,2018 年 12 月 29 日,海军给和平方舟医院船记集体一等功。

此刻,再次走进和平方舟医院船那挂满各国徽章的会议室,再次翻阅和平方舟医院船的十年航迹,这份荣誉,他们值得!

>>> 尾声
十年，和平方舟画出爱的形状

◎ 2017年10月10日，在刚果(布)黑角港码头，欢迎人群挥动中刚两国国旗并拉着"祖国永远在我们心中。我爱你，中国！"横幅(江山 摄)

翻看和平方舟医院船从入列至今的每一条新闻报道，会发现一个有意思的变化：入列之初，在关于和平方舟的新闻报道里，"首次"是一个高频词汇。随着时间的推移，很多"首次"被刷新，成为和平方舟执

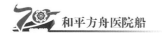
行任务的一种常态;又有很多"首次"出现,成为中国海军海上卫勤保障能力提升的常态。而这样的"刷屏"速度,对于已经9次走出国门的和平方舟来说,其实早就习以为常。

十年来,和平方舟医院船到访了3大洲6大洋的43个国家,累计航程超过24万海里,为23万人次提供了免费医疗服务。

这是一份令人惊叹的成绩单。当大家都把目光投向一艘艘战斗舰艇,和平方舟则以一种温和的方式维护着和平。

没有大炮,没有导弹,没有鱼雷……它满载着中国军队和人民对和平的渴望和对生命的尊重,是和平发展的"中国名片"。如果说,中国海军战斗舰艇散发着雄性力量,那么,和平方舟医院船则格外与众不同:"她",散发着一种母性光辉。

这光辉,来源于和平方舟医院船的天然属性——战时进行海上伤病员医疗救护与后送,平时开展国际人道主义医疗服务、重大灾难应急救援、对外军事医学交流与合作。

这光辉,来源于和平方舟医院船上的人们——每一名船员和医务工作者对生命的尊重与敬畏,每一次救助的无私无畏与医者仁心。

这光辉,来源于和平方舟医院船所特有的担当——秉持和谐世界、和谐海洋的理念,播撒大爱,当好和平友谊的使者。

从2008年到2018年,十年间,许多人来到和平方舟,又离开和平方舟。这艘身披红十字的大白船上沉淀了太多人的太多情感。对每一个在和平方舟医院船上生活过的人来说,这艘医院船就是他们在海上的家;走出去,这些把自己称作"和平方舟人"的人们就代表了祖国。这一方"流动的国土"向世界传递着中国理念。

于是，和平方舟医院船既是国与家最直接而美好的代名词，也是"和平方舟人"肩上如山的责任。

于是，一幅又一幅充满爱与温暖的画面出现在世人眼前。书中写到许多"和平方舟人"，也讲述了许多和平方舟的故事。但，有更多的人和事都被沉淀在和平方舟医院船那一间间充满关爱的病房里，包裹在和平方舟犁出的一道道壮美航迹中，印刻在23万民众被和平方舟温暖的心底。

和平方舟，在过往的十年，画出了爱的形状！

在这爱的形状里，我们看到了中国海军日渐发达的"肌肉"，我们更看到其肌理的温度。在那身披"红十字"的船舱里，在那一张张"和平方舟人"的面孔上，我们不仅能看到中国海军新时代的表情，还能聆听到大国海军和平梦想的呼吸。

完成"和谐使命-2018"任务归来，和平方舟"元老"、机电班班长丁辉站在码头上，凝视着船身上醒目的舷号"866"。对他来说，这是个"比家还要熟悉的地方"，他常笑着说自己看着和平方舟长大，和平方舟看着他变老。他说："我现在已经是个'手捧保温杯'的中年大叔了，可是我们的'女神'还正青春！"

如今，这艘被自己人称为"女神"的大白船不会间断播撒爱的旅程；如今，这艘被外国友人称为"生命之舟"的船，一定还会继续履行"和谐使命"。它将继续载着一张张自信的面庞，向世界展示中国海军的时代风采。

>>> 附录

和平方舟十年航迹

和平、发展、合作、共赢,这是和平方舟医院船入列十年来始终秉持的宗旨。在和平方舟医院船即将开启新的航程时,让我们再来一起回顾它的"圈粉"历程——

1. 2008 年 12 月,和平方舟医院船正式加入中国人民海军战斗序列,隶属海军东海舰队。

2. 2009 年 4 月,和平方舟医院船亮相青岛,参加中国人民海军成立 60 周年暨多国海军活动。这是和平方舟医院船入列以来首次在全世界面前亮相。

3. 2009 年 10 月 20 日,和平方舟从上海吴淞某军港出发,开启"医疗服务万里海疆行"活动。活动历时近 40 天,航程 5700 余海里,巡诊 8700 余人次,刷新了我国海上卫勤保障多项纪录。

4. 2010 年 8 月至 11 月,和平方舟首次走出国门,赴吉布提、肯尼亚、坦桑尼亚、塞舌尔、孟加拉国 5 个国家执行"和谐使命－2010"任务,这也是和平方舟入列以来首次执行该任务,共诊疗 17345 人次,手术 97 例,其中成功实施白内障摘除人工晶体植入术 39 例,被到访国

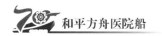

民众誉为"上帝派来的光明使者"。任务过程中,和平方舟医院船还首次为亚丁湾护航官兵提供医疗服务,开创了海军远海医疗服务的新模式。

5. 2011年9月至12月,赴古巴、牙买加、特立尼达和多巴哥、哥斯达黎加4国执行"和谐使命－2011"任务,共诊疗11446人,手术118例。

6. 2013年6月至10月,赴文莱、马尔代夫、巴基斯坦、印度、孟加拉国、缅甸、印度尼西亚、柬埔寨8国,诊疗30713人次,手术293例。任务期间,赴文莱参加东盟"10＋8"防长扩大会人道主义援助救灾联合实兵演练,赴印尼参加多国海军联合巡诊和海上阅兵活动。

7. 2013年11月19日,台风"海燕"重创菲律宾,和平方舟医院船在刚刚执行完"和谐使命－2013"任务后再次起航,赶赴菲律宾灾区。在当地恶劣的条件下,接诊伤病员2208人,实施手术44例,住院治疗113人。这是我国首次派出舰艇赴海外灾区执行人道主义医疗救助任务。世界卫生组织官员评价,和平方舟在救灾中起到了至关重要的作用。

8. 2014年,在中国青岛参加西太平洋海军论坛;与海口舰、岳阳舰、千岛湖舰组成舰艇编队,赴夏威夷参加"环太平洋－2014"联合军演;8月至9月,赴汤加、斐济、瓦努阿图、巴布亚新几内亚执行"和谐使命－2014"任务,诊疗22456人次,手术21例。

9. 2015年9月17日至22日,和平方舟与兰州舰、岳阳舰组成编队在马六甲海峡及其附近海域,与马来西亚联合举行"和平友谊－2015"联合军事演习,这是中马两军首次实兵联演。

10. 2015 年 9 月至 2016 年 1 月,赴澳大利亚、法属波利尼西亚、美国、墨西哥、巴巴多斯、格林纳达、秘鲁 7 个国家和地区访问,并在中南美洲提供医疗服务,诊疗 17838 人次,手术 59 例。在此期间,在法属波利尼西亚帕皮提港附近海域,与法军举行国际人道主义医疗救援海上联合演练。

11. 2016 年 6 月 30 日至 8 月 4 日,"环太平洋 - 2016"演习在夏威夷群岛和加利福尼亚州及其附近地区举行。中国海军第二次参加该演习,派出导弹驱逐舰西安舰、导弹护卫舰衡水舰、综合补给舰高邮湖舰、和平方舟医院船、综合援潜救生船长岛船,以及 3 架舰载直升机、1 个陆战分队、1 个潜水分队,共 1200 余名官兵参演。

12. 2017 年 7 月至 12 月,赴吉布提、塞拉利昂、加蓬、刚果(布)、安哥拉、莫桑比克、坦桑尼亚、东帝汶 8 国,第 6 次执行"和谐使命"系列任务,共诊疗 61528 人次,手术 299 例。其间,技术停靠斯里兰卡和西班牙。

13. 2018 年 6 月至 2019 年 1 月,赴巴布亚新几内亚、瓦努阿图、斐济、汤加、哥伦比亚、委内瑞拉、格林纳达、多米尼克、安提瓜和巴布达、多米尼加、厄瓜多尔 11 国进行人道主义医疗服务,执行"和谐使命 - 2018"任务,并应邀赴智利参加其海军成立 200 周年庆典活动。

......

在此期间,和平方舟医院船到访的许多国家不仅是和平方舟医院船的首访,还是中国海军舰艇的首访——

2010 年 10 月 13 日,首访肯尼亚;

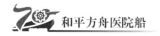

2011 年 10 月 21 日,首访古巴;

2011 年 11 月 8 日,首访特立尼达和多巴哥;

2013 年 6 月 29 日,首访马尔代夫;

2015 年 11 月 27 日,首访巴巴多斯;

2015 年 12 月 6 日,首访格林纳达;

2017 年 9 月 19 日,首访塞拉利昂;

2017 年 10 月 2 日,首访加蓬;

2018 年 10 月 13 日,首访多米尼克;

2018 年 10 月 22 日,首访安提瓜和巴布达;

2018 年 11 月 1 日,首访多米尼加;

……

和平方舟医院船的十年航迹,勾勒出中国爱好和平、维护和平的轮廓。这一个十年,收获满满;下一个十年,成绩可期!

》》后记

在对中国梦的诸多描述里,再没有比"巨轮"更贴切的比喻了。以航母辽宁舰为代表的新一代中国战舰,便是"中国号"巨轮的生动脚注。

"走进中国战舰丛书"出版之际,人民海军刚刚走过70年,中华人民共和国刚刚度过70华诞的生日。在中华民族伟大复兴的时间轴上,这是一个注定要被历史铭记的时间点——中国共产党领航这个国家、这支军队已经进入了新时代。在世界坐标系上,无论是硬实力还是软实力,"中国"日益成为一个醒目的坐标点。站起来,富起来,强起来——中国共产党领导下的人民军队和中华人民共和国搭上同一艘"梦想巨轮",开启了"梦想加速度"。

"在新时代的征程上,在实现中华民族伟大复兴的奋斗中,建设强大的人民海军的任务从来没有像今天这样紧迫。"建设强大的现代化海军是建设世界一流军队的重要标志,是建设海洋强国的战略支撑,是实现中华民族伟大复兴中国梦的重要组成部分。

作为本套丛书的作者,我们有幸作为亲历者,跟随这些战舰驰骋

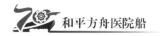

大洋,见证了那些最为壮观、最为激动人心的时刻。透过一个个新闻现场、一个个权威史料,我们力图梳理新时代中国海军现代化军舰的战斗力形成之路、披露中国海军舰艇的发展之路、讲述新一代中国海军军人的成长之路。

采访中,我们遇到过许许多多这样的平凡水兵:入伍前,他们没走出过大山、没见过大海,如今却可以随口道出一个个遥远的国度、一个个陌生的城市、一条条拗口的海峡名字。他们与人民海军一同成长,视野变得越来越开阔,胸襟变得越来越宽广。

"在中国舰艇上你将听到什么样的未来?"2017年参观海口舰时,美国军事战略研究学者迈克尔·法比敏锐地观察到,"海口舰上的年轻军官十分自信。他们对祖国的命运非常肯定。"

目光越过70年,品味着这些意味深长的细节,我们深深感到:新一代战舰遇见了伟大的新时代,新一代舰员们遇见了伟大的新时代。他们,都是新时代带给中国海军的"礼物"。

航母辽宁舰、"中华神盾"海口舰、和平方舟医院船……某种意义上,"走进中国战舰丛书"不仅是我们献给新中国成立70周年、人民海军成立70周年的真诚之作,还是海军官兵献给伟大祖国的"生日礼物",更是中国海军献给新时代的"梦想报告"。

本套丛书的写作,是在紧张的工作间隙完成的。其间困难超出我们最初的想象,但所幸总有一种梦想的力量在鼓舞着我们、总有一种使命的力量在召唤着我们。在丛书的成稿和出版过程中,军地有关部门给予了及时的指导和帮助,尤其是海军机关和部队给予了大力支持、国防科工局相关领导和专家提供了宝贵意见,在此一并致谢。

图书在版编目（CIP）数据

和平方舟医院船/孙伟帅，王通化，陈国全著.
—上海：华东师范大学出版社，2019
（走进中国战舰丛书）
ISBN 978 - 7 - 5675 - 9938 - 3

Ⅰ.①和… Ⅱ.①孙…②王…③陈… Ⅲ.①纪实文
学—中国—当代 Ⅳ.①I25

中国版本图书馆 CIP 数据核字（2019）第 293482 号

走进中国战舰丛书
和平方舟医院船

著　　者：孙伟帅　王通化　陈国全
总 策 划：柳　刚　金　龙
策划编辑：王　焰　曾　睿
责任编辑：曾　睿
责任校对：陈　易
装帧设计：膏泽文化

出版发行　华东师范大学出版社
社　　址　上海市中山北路 3663 号
邮　　编　200062
网　　址　www.ecnupress.com.cn
电　　话　021 - 60821666　　团购电话　021 - 60821690
客服电话　021 - 62865537　　门市（邮购）电话　021 - 62869887
地　　址　上海市中山北路 3663 号华东师范大学校内先锋路口
网　　店　http://hdsdcbs.tmall.comn

印 刷 者　青岛名扬数码印刷有限责任公司
开　　本　710×1000 毫米　16 开
印　　张　16.25
字　　数　184 千字
版　　次　2019 年 12 月第 1 版
印　　次　2020 年 1 月第 1 次印刷
书　　号　ISBN 978 - 7 - 5675 - 9938 - 3
定　　价　128.00 元

出版人　王　焰
（如发现本版图书有印订质量问题，请寄回本社客服中心调换或电话 021 - 62865537 联系）